MORD AUF DER SS ROSA

EIN FALL FÜR GINGER GOLD #1

LEE STRAUSS

Übersetzung
STEPHANIE VON DER MARK
Lektorat
JUDITH ZIMMER

la plume PRESS

Cover by Steven Novak, Illustrations by Tasia Strauss

Library and Archives Canada Cataloguing in Publication Title: Mord auf der SS Rosa / Lee Strauss. Other titles: Murder on the SS Rosa. German

Names: Strauss, Lee (Novelist), author, Stephanie Von der Mark (Translator), Judith Zimmer (Editor)

Description: Series statement: Ein fall für Ginger Gold ; 1 | "Ein 1920er-Jahre Cosy-Krimi". |Translation of: Murder on the SS Rosa. | Text in German.

Identifiers: Canadiana (print) 20220486085 | Canadiana (ebook) 20220486093 | ISBN 9781774092453 (hardcover) | ISBN 9781774092439 (softcover) | ISBN 9781774092521 (IngramSpark softcover) | ISBN 9781774092460 (EPUB) | ISBN 9781774092446 (Kindle) Classification: LCC PS8637.T739 M9915 2023 | DDC C813/.6—dc23

EIN FALL FÜR GINGER GOLD

AUF DEUTSCH

Mord auf der SS Rosa

Mord auf Hartigan House

Mord auf Bray Manor

Mord im Feathers & Flair

AUF ENGLISCH

Murder on the SS Rosa

Murder at Hartigan House

Murder at Bray Manor

Murder at Feathers & Flair

Murder at the Mortuary

Murder at Kensington Gardens

Murder at St. George's Church
The Wedding of Ginger & Basil
Murder Aboard the Flying Scotsman
Murder at the Boat Club
Murder on Eaton Square
Murder by Plum Pudding
Murder on Fleet Street
Murder at Brighton Beach
Murder in Hyde Park
Murder at the Royal Albert Hall
Murder in Belgravia
Murder on Mallowan Court
Murder at the Savoy
Murder at the Circus
Murder at the Boxing Match
Murder in France
Murder at Yuletide
Murder at Madame Tussauds

MORD AUF DER SS ROSA

1

Im trostlosen Winter des letzten Kriegsjahres hatte sich Ginger Gold geschworen, niemals mehr nach Europa zurückzukehren. Und doch befand sie sich nun, fünf Jahre später – 1923, an Bord der SS *Rosa,* die von Boston mit Kurs auf Liverpool den Atlantik überquerte.

»Ist ein Abendessen mit dem Kapitän sonst nicht eher für die wichtigen Leute?«, fragte Haley Higgins.

Ginger stemmte eine Hand in die schmale Hüfte und tat empört. »Willst du damit etwa andeuten, ich sei keine wichtige Person?«

»So etwas würde ich niemals behaupten«, entgegnete Haley leichthin. »Mir ist nur nicht klar, in welcher Verbindung du zu ihm stehst.«

»Ach so, ja, Vater ist früher geschäftlich ein-,

zweimal im Jahr nach England gereist und dabei haben sie sich kennengelernt. Das ist natürlich bereits einige Jahre her. Es war ja, bevor Vater krank wurde. Captain Walsh hat meinen Namen auf der Passagierliste entdeckt. Wie freundlich von ihm, eine Einladung auszusprechen, nicht wahr?«

Haley nickte. »Es wird recht unterhaltsam werden, nehme ich an.«

Ginger hatte sich für ein weich fallendes violettes Kleid mit tiefer Taille entschieden, das bis zu den Knöcheln reichte. Dazu trug sie transparente Strümpfe, deren Naht auf der Rückseite ihrer schlanken Beine entlanglief, und elegante schwarze Riemchenpumps. Nun steckte sie noch ihre langen Ohrhänger an und richtete mit den behandschuhten Händen die Spitzen ihrer roten Haare, die zu einem kinnlangen Bob geschnitten waren. Sie machte eine Show daraus, sich zu präsentieren.

»Wie sehe ich aus?«

»Umwerfend, wie immer«, antwortete Haley, die schon längst fertig angezogen war und geduldig im roséfarbenen Polstersessel saß und wartete. Sie war von der vernünftigen Sorte und hatte für die Reise nur ein paar Hosenanzüge aus Tweed und Leinen eingepackt. Sich »zurechtzumachen« war ihre Sache nicht. So war sie schnell und ohne zu überlegen fürs Dinner umgezogen.

Auf dem rosaroten Seidenüberwurf auf Gingers Bett lag zusammengerollt ein kleiner Hund mit kurzem, schwarz-weißen Fell. Ginger kraulte ihn hinter den aufgestellten Ohren und gab ihm einen Kuss auf die Stirn. »Du bist ein ganz Braver, Boss«, sagte sie, woraufhin der Schwanz des Boston Terriers zustimmend zu wackeln begann.

Ginger vervollständigte ihre Garderobe mit einem cremefarbenen Seidenschal, den sie sich um die Schultern drapierte. »Bereit?«, fragte sie und deutete in Richtung Tür.

Boss stand auf und streckte die Hinterbeine.

»Oh, tut mir leid, Bossy. Du darfst diesmal nicht mit.«

Der Hund schnaubte enttäuscht, dann drehte er sich auf seinem Kissen im Kreis, bevor er sich hinlegte und sogleich wieder einschlief.

»Wie sehr ich das Meer liebe! Du nicht auch?«, rief Ginger, als sie und Haley den Außenkorridor entlangliefen. Sie streckte die Arme aus und sog begeistert die Luft ein. »Das ist einer der Gründe, warum ich Boston liebe. So erfrischend. Es macht einen ganz fidel!«

»Ach, hör dich nur an, Liebes«, sagte Haley amüsiert. »Das Britische in dir kommt immer stärker zum Vorschein, je mehr wir uns England nähern.« Indem sie Gingers plötzlich aufgetauchten englischen

Akzent nachahmte, wiederholte sie: »Es macht einen ganz *fidel.*«

Obwohl sich Ginger durch und durch als Bostonerin fühlte, war sie stolz auf ihre englischen Wurzeln. Schließlich war Massachusetts Teil von New *England.*

»Da hast du allerdings recht, altes Haus«, sagte Ginger mit übertriebenem Akzent und musste darüber herzlich lachen, womit sie auch der sonst so stoischen Haley ein Schmunzeln entlockte.

»Du hast dich eben genau wie dein Vater angehört«, meinte Haley.

Ginger griff sich ans Herz. »Ach, ich vermisse ihn sehr.«

»Ich auch.«

»Ihm zu Ehren werde ich mich für die Dauer meines Aufenthalts ganz und gar britisch geben.«

Jetzt breitete sich ein richtiges Lächeln auf Haleys rundem Gesicht aus. »In deiner gewohnt charmanten Art.«

Ginger hakte sich bei ihrer Freundin unter. »Frau *Dr.* Higgins in spe«, sagte sie, »wir dürfen den Captain nicht warten lassen.«

»Wenn Sie darauf bestehen, Mrs Gold«, gab Haley zurück, dann fügte sie hinzu: »Übrigens glaube ich, der Captain hat ein Auge auf dich geworfen.«

»*Pff.* Wie kannst du so etwas sagen? Wir sind ihm

doch nur ganz kurz begegnet.« Ginger zupfte an ihrem Handschuh. »Außerdem ist er verheiratet.«

»Ich glaube kaum, dass das bei Männern wie dem Kapitän eine Rolle spielt«, entgegnete Haley trocken.

Eine breite, mit rotem Teppich ausgelegte Treppe führte zu einem eleganten Speisesaal der Ersten Klasse auf dem obersten Deck.

»Wie vornehm. Ich weiß nicht so recht, ob ich hierher passe.«

»Unsinn«, erwiderte Ginger unbekümmert. »Du bist ja meine Begleitung.«

Haley schnaubte leise. »Ein Accessoire? Um deinem Stil zu entsprechen, bin ich nicht extravagant genug.«

Ginger gab ein munteres Lachen von sich, von dem ihr Mann Daniel einmal gesagt hatte, es erinnere ihn an Elfen, die in einem Wasserfall tanzten.

»Innerlich bist du es durchaus, meine liebe Haley. Das ist alles, was zählt.«

Der weiche rote Teppich verlief durch das ganze Restaurant und bildete einen modernen Kontrast zu den in Jadegrün und Altrosa gepolsterten Stühlen, die in Vierergruppen um runde, in Messing gefasste Tische aus Kastanienholz standen.

»Da drüben sind sie«, sagte Ginger und steuerte auf den Tisch zu, an dem ihre Gastgeber saßen.

Captain Walsh war ein attraktiver, durchschnittlich großer Mann. Sein dichtes dunkles Haar war an den Schläfen leicht ergraut. Er strahlte Autorität aus. Als er Ginger und ihre Begleiterin sah, erhob er sich. »Mrs Gold. Es ist mir ein Vergnügen.«

»Das Vergnügen ist ganz auf unserer Seite«, erwiderte Ginger und schüttelte dem Kapitän die Hand. Sie war groß, aber die Innenfläche weich. An einem Finger saß ein breiter Ring mit einem flachen Jadestein. Unter den vier Streifen am Ärmel seines Jacketts bemerkte Ginger einen hübschen Manschettenknopf aus glänzendem Silber, auf dem eine Fleur-de-lis – eine stilisierte Lilie – eingeprägt war.

Ginger deutete auf Haley. »Das ist meine Begleiterin, Miss Higgins.«

Das Lächeln des Kapitäns blieb freundlich, während er jetzt auch Haley die Hand reichte. »Freut mich, Sie kennenzulernen.«

Mit schraubstockartigem Griff nahm Haley seine Hand. »Gleichfalls.«

»Darf ich Ihnen meine Gattin vorstellen? Das ist Mrs Walsh.« Die dünne Frau zu seiner Rechten trug ein altmodisches Kleid im edwardianischen Stil, das in der Taille geschnürt war. Ihre übertrieben aufrechte Körperhaltung ließ vermuten, dass sie ein Korsett trug, was sonst eigentlich niemand mehr tat. Sie nickte lediglich zur Begrüßung, verzichtete aber darauf, ihnen die Hand zu reichen oder gar zu lächeln. Für dieses wenig warmherzige Verhalten machte Ginger das unbequeme Korsett verantwortlich.

»Freut mich, Sie kennenzulernen, Mrs Walsh.« Ginger nahm den Platz neben dem Kapitän ein, Haley setzte sich neben dessen Frau.

»Ich möchte mich herzlich für Ihre freundliche Einladung bedanken, Ihnen an unserem ersten Abend Gesellschaft leisten zu dürfen«, sagte Ginger. »Sicherlich sind diese Plätze heiß begehrt!«

»Es ist mir eine Freude, die Tochter von Mr Hartigan an Bord begrüßen zu dürfen. Ihr Vater war ein hoch geschätzter Gentleman, und ich fühle mich geehrt, seine Bekanntschaft gemacht zu haben. Wenn er nur heute hier bei uns sein könnte.«

»Das wünschte ich mir auch.« Ginger tätschelte Haleys Arm. »Miss Higgins war in seinen letzten Lebensjahren seine private Krankenschwester, und sie hat ihn mit allem Mitgefühl und Respekt gepflegt. Sie war auch für meine kleine Schwester und meine Stiefmutter ein großer Trost. Ich weiß wirklich nicht, was wir ohne sie getan hätten.« Gingers Lob für Haley kam aus tiefstem Herzen, aber gleichzeitig hoffte sie auch, mit dieser persönlichen Empfehlung alle Vorurteile auszuräumen, die wegen der unorthodoxen Garderobe ihrer Freundin vielleicht entstanden wären.

»Was für ein Glück, dass sie Sie nach London begleiten kann«, sagte Mrs Walsh mit ausgeprägt englischem Akzent.

»Es ist in der Tat ein erstaunlich großes Glück«, entgegnete Ginger. »Gerade als ich Pläne schmiedete, mich um den Nachlass meines Vaters in London zu kümmern, erfuhr Miss Higgins, dass sie ihr Medizinstudium dort fortsetzen wird.«

Mrs Walsh wirkte überrascht. »Eine Frau, die Arzt werden will?«

»Für die moderne Frau öffnen sich viele Türen, Mrs Walsh«, erklärte Haley. »Das Institut, an dem ich studieren werde, ist die London School of Medicine for Women, an der ausschließlich Frauen zugelassen werden.«

»Aber warum gerade London?«, wollte Captain Walsh wissen. »Es ist natürlich eine wunderbare Stadt, keine Frage, aber gibt es in Amerika nicht auch eine angesehene Einrichtung mit entsprechendem Angebot?«

»Doch, natürlich«, sagte Haley. »Ich habe zwei

Jahre an der Boston University studiert, bevor ich mich zum Kriegsdienst gemeldet habe.« Ein Schatten flackerte in ihren Augen auf. »Man könnte sagen, dass ich einen Tapetenwechsel nötig hatte.« Der Auslöser für diesen Tapetenwechsel war Haleys Verlobter gewesen, der ungeachtet möglicher gesellschaftlicher Auswirkungen kurzerhand die Beziehung zu ihr wegen einer anderen Frau aufgelöst hatte.

Bevor der Kapitän oder Mrs Walsh weitere Fragen stellen konnten, schaltete sich Ginger ein: »Miss Higgins hat während des Krieges als Krankenschwester in Frankreich und in England gedient. Dabei hat sie eine Vorliebe für London entwickelt, stimmt's, *altes Mädchen?*«

Ginger lachte über ihre britische Ausdrucksweise, und Haley fügte schmunzelnd hinzu: »Das habe ich in der Tat.«

Ein Kellner fragte nach ihren Getränkewünschen, und als er zurückkam, nahm Ginger freudig ihr Glas mit französischem Wein entgegen. »Auch wenn wir gar nicht mehr in Amerika sind, habe ich immer noch ein schlechtes Gewissen.« Sie blickte sich um und sagte lachend: »Man glaubt, jeden Moment käme jemand von der Prohibitionsbehörde, der einen verhaftet will!«

»Hier sind Sie ganz und gar in Sicherheit«, entgegnete Captain Walsh mit einem Lächeln. »Dieses Schiff steht unter dem Kommando Seiner Königlichen Hoheit, welcher selbst hin und wieder gern ein, zwei Drinks zu sich nimmt.«

Ginger kostete anmutig von dem Wein und genoss mit einem zufriedenen Seufzer den fruchtigen Geschmack und das ungewohnte Mundgefühl.

Als auch Mrs Walsh nach ihrem Glas greifen wollte, schob der Kapitän es von ihr fort. »Für dich nichts. Du weißt doch, was passiert, wenn du zu viel trinkst.« Mrs Walsh schürzte verärgert die Lippen, erwiderte aber nichts.

Ginger und Haley wechselten einen Blick. Auch wenn der Kapitän es vielleicht gut mit seiner Frau meinte, so machte er es nicht gerade auf subtile Art. Wie sehr er Mrs Walsh in Verlegenheit gebracht hatte, war am ganzen Tisch deutlich spürbar.

Zum Glück wurde im nächsten Moment das Essen serviert, was die Spannung etwas auflockerte. Ginger lief beim Anblick des Lammbratens, der mit Minzsoße, gebackenen Kartoffeln und gebutterten grünen Bohnen gereicht wurde, das Wasser im Mund zusammen. Es duftete köstlich. Der Chefkoch, ein rundlicher Mann mit dunklen Augen und gerötetem Gesicht, blieb neben dem Kapitän stehen und wartete auf dessen Urteil.

Captain Walsh kaute ausgiebig, bevor er einen

Schluck Chardonnay trank. »Schmeckt gut, Babineaux.«

Nach ihrem ersten Bissen fügte Ginger enthusiastisch hinzu: »Einfach köstlich!«

Babineaux senkte das Kinn, dann sah er zu Mrs Walsh. Ein Blick ging zwischen ihnen hin und her, und erst als die Frau zustimmend nickte, erlaubte sich der Koch ein Lächeln. Hatte Ginger sich das eben nur eingebildet oder war da etwas Bedeutungsvolleres als eine bloße kulinarische Bewertung ausgetauscht worden?

An einem Tisch auf der anderen Seite des Raumes saß eine schöne Frau, die Ginger als die berühmte amerikanische Schauspielerin Nancy Guilford erkannte. Sie befand sich in Gesellschaft einiger Herren. Einen der Gentlemen fand Ginger besonders elegant. Auch eine Dame mittleren Alters saß bei ihr am Tisch. Ginger bewunderte Miss Guilfords ozeanblaues, mit Pelz besetztes orientalisches Kleid mit tiefer Taille. Unter dem gewellten blonden Bob glitzerten Diamantohrringe im elektrischen Licht des Restaurants, und die vollen Lippen der Frau waren leuchtend rot geschminkt.

»Patty, Darlin'«, rief Nancy Guilford jetzt und ihr Dialekt klang deutlich nach New Jersey. Zudem war ihre Stimme erstaunlich nasal. Ganz anders, als man es bei so einem schönen und kultivierten Gesicht erwarten würde. »Gib mir mal meine Glimmstängel.«

Ihre Begleiterin reichte ihr ein Päckchen Zigaretten, das Miss Guilford mit schlanken Fingern öffnete. Sie steckte eine Zigarette in eine elfenbeinfarbene Spitze und führte sie an den Mund. Einer der Herren (nicht der adrette, wie Ginger mit gewisser Genugtuung feststellte) zückte sogleich ein Messingfeuerzeug und bot ihr Feuer an. Miss Guilford zog an der Zigarette und stieß eine lang gezogene Rauchwolke in die Richtung aus, in der der Kapitän saß.

Obwohl es eine gewöhnliche, ja alltägliche Handlung war, an der Zigarette zu ziehen und den Rauch auszublasen, machte Miss Guilford eine beachtliche Show daraus. Selbst wenn man die Schauspielerin nicht kannte, zog allein schon ihr Charisma jegliche Aufmerksamkeit auf sich. Ginger war sich sicher, dass alle Anwesenden die Frau bemerkt hatten. Mrs Walsh war sichtlich aufgeregt. Sie schaute mit einer Mischung aus Eifersucht und Misstrauen zu Miss Guilford hinüber.

Dass Mrs Walsh paranoid war, glaubte Ginger keine Sekunde lang, so unverhohlen wie die Blondine den Kapitän ansah, die Beine übereinanderschlug und dabei schamlos ihre seidige, *nackte* Wade präsentierte.

Ach, du meine Güte.

Captain Walsh zupfte an seinem Kragen und tat, als

hätte er es nicht bemerkt. Ihre Viererrunde kehrte zu einer höflichen Unterhaltung zurück, durchzogen von Kommentaren über das gute Essen und die Pracht des Speisesaals.

Während der ganzen Mahlzeit beobachtete der Kapitän, wenn sein Blick nicht gerade zu der glamourösen Schauspielerin schweifte, Ginger auf eine Weise, die ihr ein leichtes Unbehagen bereitete. Sie befürchtete, dass Haley mit ihrer Einschätzung, was den Mann betraf, nur allzu richtig lag.

2

»Das war ein interessanter Abend, nicht wahr?«, sagte Ginger, als sie und Haley in ihre Kabine zurückkehrten.

Haley stimmte zu. »Allerdings.«

Ginger begann sich auszuziehen und bedeutete Haley, ihr mit dem Verschluss des Kleides zu helfen. »Die Schauspielerin hat dem Kapitän schöne Augen gemacht, und der Koch – hast du gesehen, wie er die Frau des Kapitäns angesehen hat?«

»Eine heikle Geschichte.«

»Aber sehr unterhaltsam, findest du nicht auch?«

Haley nickte. »Ja, durchaus.«

Ginger würde nicht eher ruhen können, bis sie mit dem Auspacken fertig war. Missmutig starrte sie auf die drei großen Truhen, vier Koffer und ein Dutzend Hutschachteln. Natürlich musste sie für eine fünftägige Schiffsreise eigentlich nicht alles auspacken, doch wenn sie es nicht tat, würde sich der widerliche Geruch von Kiefernholz und Mottenkugeln in den Fasern ihrer Kleidung festsetzen, bevor sie London erreichte, was auf keinen Fall geschehen durfte.

»Normalerweise hätte sich Molly darum gekümmert«, meinte Ginger. »Aber ihre Angst vor der Tiefe des Meeres war so groß, dass sie sich geweigert hat, mich zu begleiten. Wofür man wohl Verständnis haben muss.«

»Ich kann dir ja helfen«, bot Haley an, »wobei ich nicht viel Ahnung von Mode habe.«

»Deine Hilfe wäre mir sehr willkommen«, sagte Ginger. »Die einzige Fähigkeit, die man dafür braucht, ist Kleider auf einen Bügel zu hängen. Die Tageskleider hängen wir auf die linke Seite im Schrank, gefolgt von Teekleidern, danach die Abendkleider.«

»Ich fürchte, ich kann da keinen Unterschied erkennen.«

»Wirklich, Haley?« Ginger war sich nicht sicher, ob ihre Freundin es ernst meinte oder scherzte. »Also gut. Das hier ist ein Tageskleid.« Ginger hielt ein einfaches, gerade geschnittenes Baumwollkleid in hellem Vichy-

Muster hoch. Dann öffnete sie eine zweite Truhe und stöberte darin herum, bis sie schließlich ein elegantes Kleid aus cremefarbenem Chiffon mit einer breiten schwarzen Schärpe und einer Taft-Schleife hervorzog. »Das ist von Jeanne Lanvin, geeignet für den Nachmittagstee oder ein nicht allzu formelles Abendessen.«

»Wer ist Jeanne Lanvin?«

Ginger hielt inne. »Nur die innovativste, meistgefragte Modedesignerin von Paris!«

»Oh, natürlich«, entgegnete Haley trocken.

»Und dieses Abendkleid«, sagte Ginger mit einem bewundernden Unterton in der Stimme, »ist von Coco Chanel, perfekt für einen Tanzabend.« Sie hielt sich ein ärmelloses, gerade geschnittenes Kleid aus Viskose und schimmernder Kreppseide an. Der Rock flatterte, als Ginger die Hüften schwenkte. Er hatte eine gewagte Länge, der Saum reichte nur bis zur Mitte der Wade. »Von Coco Chanel hast du aber doch sicher schon gehört?«

Haley warf ihr einen übertrieben beleidigten Blick zu. »Ich lebe nicht hinter dem Mond.«

Ginger lachte. Sie hegte eine tiefe Zuneigung zu ihrer Reisebegleiterin. Kennengelernt hatten sie sich während des Krieges in Frankreich. Krankenschwester Higgins hatte einen Kollegen von Ginger vor dem sicheren Tod gerettet – der Mann hatte eine unglückliche Begegnung mit einer scharfen Klinge aus deutscher Herstellung gehabt. Ginger hatte sich damals als Mademoiselle Antoinette LaFleur vorgestellt. In ihrer Rolle als französische Staatsbürgerin war sie so überzeugend gewesen, dass Haley fast die Kinnlade heruntergeklappt war, als sie sich nach dem Ersten Weltkrieg in Boston wiedersahen. Als sich herausstellte, dass Gingers Vater Pflege brauchte, hatte sie gezielt nach Haley gesucht. Zum Glück hatte Haley Gingers Erklärung akzeptiert, dass Mademoiselle LaFleur allein für den Krieg erfunden worden war. Mit dem Ende des Krieges gab es »sie« nicht mehr, und Ginger durfte nicht weiter darüber sprechen.

Boss hob den Kopf und streckte eine kleine schwarze Pfote von seinem Schlafplatz am Fußende von Gingers Bett aus. Er gähnte herzhaft, schloss die Augen sofort wieder und schnarchte leise weiter.

Ginger zog sich ihre Nachtwäsche an, einen jadegrünen Einteiler aus Satin mit champagnerfarbener Spitze. Haley schlüpfte in ein schlichtes weißes Nachthemd und eine dazugehörige Pumphose, dann löste sie ihre langen braunen Locken, die im Nacken zu einem falschen Bob hochgesteckt gewesen waren. Am Frisiertisch sitzend bürstete sie sich und sprach zu Gingers Spiegelbild. »Bist du bereit, Mrs Gold?«

»Bereit für was?«

»Für dein neues Leben in London.«

»Es ist zehn Jahre her, dass ich einen Fuß dorthin gesetzt habe.« Gingers letzter Ausflug nach England war ihre Hochzeitsreise im Jahr 1913 gewesen. Ihre Arbeit während des Krieges hatte auf dem europäischen Festland stattgefunden. »Ich weiß kaum, was ich erwarten soll.«

»Die Welt scheint sich rasend schnell verändert zu haben«, gab Haley zurück. »Ich denke, wir werden beide überrascht sein.«

»Du freust dich doch sicher schon darauf, dein Medizinstudium fortzusetzen«, sagte Ginger und beneidete ihre Freundin insgeheim. Gingers Studienjahre an der Boston University gehörten zu ihren schönsten Erinnerungen. Sie hatte die akademische Atmosphäre genossen und die Kameradschaft mit ihren Kommilitonen. Ihr Studium der Sprachen und der Mathematik hatte sich während des Krieges als besonders nützlich erwiesen, aber jetzt wusste Ginger nicht recht, was sie mit sich anfangen sollte.

»Ja«, gab Haley zu, »aber ich glaube, ich werde Boston vermissen.«

Ginger wickelte eine kurze Haarsträhne um ihren Zeigefinger, um die Locke zu festigen, die sich in Richtung Wange drehte. »Ich weiß noch gar nicht, ob ich lange genug weg sein werde, um es zu vermissen.«

»Ach so?« Haley hielt mitten im Bürsten inne. »Erzähl mir mehr.«

»Vielleicht verkaufe ich Hartigan House und kehre direkt nach Amerika zurück. Ich bin zwar in England geboren, doch ich war erst acht Jahre alt, als Vater Sally geheiratet hat und wir umgezogen sind. Ich fürchte, ich bin eher eine Amerikanerin.«

»In der Tat, Ginger, du bist sehr amerikanisch.«

»Aber wie du weißt, kann ich so englisch sein wie eine waschechte Britin, wenn ich es mir in den Kopf setze. Vater ist bis zu seinem Tod durch und durch Engländer geblieben.«

Haley legte die Bürste auf den Frisiertisch zurück und kletterte ins Bett. »Du bist kulturell recht wandelbar.«

»Sally werde ich kein bisschen vermissen«, fuhr Ginger fort, »nur wegen Louisa könnte ich sentimental werden.«

»Deine Halbschwester ist … besonders.«

»Du meinst besonders verwöhnt, unausstehlich und unerträglich.«

»So etwas würde ich nie sagen.«

»London wird mir schon gefallen, zumindest für eine Weile«, sagte Ginger, während Haley sich unter die Decke kuschelte. »Aber was soll ich dort mit mir anfangen?«

»Sicherlich gibt es genug, was dich unterhalten wird.«

»Für den Anfang schon, aber was dann? Du hast wenigstens deinen Beruf. Boston ist zwar mein Zuhause, doch jetzt, wo nur noch Sally dort ist, hat es wenig Einladendes.«

»Du bist also zwiegespalten«, stellte Haley fest. »Entweder bleibst du in London, wo du außer mir niemanden kennst, und riskierst, dich zu langweilen, oder du verkaufst Hartigan House und kehrst nach Boston zurück, wo du zwar deinen Bekanntenkreis hast, aber gezwungen wärst, bei deiner bösen Stiefmutter zu leben.«

»Ganz genau. Haley Higgins, du bist sehr scharfsinnig.«

»Eine Fähigkeit, die man in meinem Beruf braucht.«

»Und trotzdem schaffst du es, mir überhaupt nicht weiterzuhelfen. Ich bin einer Antwort keinen Schritt nähergekommen.«

»Meine liebe Ginger, du bist jung und schön und du hast geerbt. Ergo stehen die Chancen sehr gut, dass du ein oder zwei geeignete Junggesellen triffst. Das sollte dich gut unterhalten. Oder gehen deine Gefühle für diesen Mr Wellington vielleicht tiefer, als du zugibst?«

Mr Wellington, geboren und aufgewachsen in Boston, war ein erfolgreicher Buchhalter und schon lange ein schmachtender Verehrer. Wie aus dem Nichts war er aufgetaucht, nur wenige Tage nachdem ihre offizielle Trauerzeit um Daniel zu Ende gegangen war. Er war ein Mann von Tugend und guter Moral, und jede vernünftige Frau hätte sofort die Chance ergriffen, ihn zu heiraten. Sein Aussehen war zwar schlicht, mit blasser Haut und einem gewölbten Bauch – wahrscheinlich als Folge seines sitzenden Lebensstils in geschlossenen Räumen –, aber er war auch nicht allzu unansehnlich. Er schätzte Ordnung und Logik und führte sein Leben entsprechend. Für Leidenschaft und Spontaneität hatte er nicht den geringsten Sinn.

Er war in jeder Hinsicht das komplette Gegenteil von Daniel.

Letztendlich hatte sie, obwohl sie ihn nicht verletzen wollte, sein Heiratsangebot abgelehnt, denn sie wusste, dass sie einander niemals glücklich machen würden. Außerdem wollte er Kinder, und dafür, dass sie ihm dieses Versprechen nicht geben konnte, hatte Mutter Natur gesorgt.

Gingers Gedanken schweiften einen Moment lang zu dem eleganten Gentleman, den sie an Miss Guilfords Tisch gesehen hatte. Das war mal ein gut gekleideter Mann mit intelligenten Augen, die vor Leidenschaft sprühten. Ginger rieb, wie so oft, den goldenen Ring an ihrem Finger, doch dann hörte sie abrupt damit auf.

Wie konnte sie nur mit ihrem Ehering spielen, während sie über das gute Aussehen eines Fremden nachdachte!

Boss, der die aufgewühlten Gefühle seines Frauchens spürte, kroch an ihre Seite, als sie ins Bett schlüpfte, und schmiegte den Kopf an ihren Hals. Ginger flüsterte: »Oh, Boss, du süßes Wesen.«

Eine Weile lasen sie und Haley noch im Licht der elektrischen Lampen neben ihren Betten. Haley hatte sich ein medizinisches Fachbuch vorgenommen und Ginger las einen neuen Kriminalroman von Agatha Christie.

Ginger hätte auch getrennte Kabinen buchen können, aber sie freute sich über die Gesellschaft, zumal ihr Dienstmädchen Molly nicht mitgekommen war. Und Haley hatte das Angebot einer eigenen Kabine ausgeschlagen, denn sie würde die Tatsache, dass Ginger Geld hatte, nie ausnutzen. Sie war dankbar dafür, dass ihre Reisekosten für die Überfahrt Teil des Arrangements waren.

Schließlich fielen Ginger die Augen zu. »Für heute reicht es mir«, sagte sie.

Haley betätigte den Schalter neben ihrem Bett und damit erlosch das elektrische Licht. »Schlaf gut, Ginger.«

»Du auch, Haley.«

Augenblicke später wurde ihre Ruhe durch ein

verdächtiges Geräusch unterbrochen. Der Gestank ließ nicht lange auf sich warten.

»Boss!«, rief Ginger im Dunklen.

»Gütiger Gott!«, stöhnte Haley. »Zünde schnell ein Streichholz an!«

3

Am nächsten Morgen ließ Ginger ein Exemplar von *Pearson's Magazine* neben ihre Kaffeetasse und den Teller voller Krümel fallen. Es war auf der Seite mit dem Kreuzworträtsel aufgeschlagen, auf der jedes Quadrat bereits mit Tinte ausgefüllt war.

»Die sind viel zu einfach.«

Haley rollte mit den Augen. »Das sagst du jedes Mal.«

»Es stimmt ja auch jedes Mal.«

»Warum machst du sie dann?«

»Ich hoffe eben, dass ich eines Tages endlich überfragt bin.«

Haley zögerte kurz, bevor sie erwiderte: »Ich bezweifle, dass das jemals der Fall sein wird. Vielleicht solltest du dir stattdessen selbst Kreuzworträtsel ausdenken?«

»Das ist eine gute Idee. Bloß wäre das Lösen so überhaupt keine Herausforderung mehr, weil ich die Antworten schon kennen würde.«

Ein Kellner kam mit einem Servierwagen, um Kaffee nachzuschenken und eine weitere Runde frischer Croissants und Brot anzubieten. Ginger und Haley hatten ein englisches Frühstück mit Speck und Eiern zu sich genommen und baten nun nur noch um etwas Kaffee.

»Ich nehme an, wir müssen auf Tee umsteigen, wenn wir in England angekommen sind«, meinte Ginger.

»Wohl kaum«, entgegnete Haley und fügte ihrem schwarzen Gebräu einen ordentlichen Schuss Sahne und zwei Löffel Zucker hinzu. »Mein Problem wird eher sein, einen Kaffee zu finden, der so stark ist, dass er mir schmeckt.«

»Ich liebe ja ebenfalls eine gute Tasse Kaffee, aber diese Leidenschaft der Briten für ihre Teestunde hat etwas Charmantes und Kultiviertes an sich. Es gefällt mir durchaus, so ein zierliches Porzellantässchen zu halten und dabei den kleinen Finger abzuspreizen«, sagte Ginger und demonstrierte es zum Spaß.

»Du wirst dich gut einfügen, Mrs Gold.«

»Eigentlich ist der kleine Finger bei den Engländern verpönt.« Ginger lachte und auch Haley musste gegen ihren Willen schmunzeln.

»Hast du vor, deine Schwiegereltern zu besuchen?«, fragte Haley vorsichtig. Sie nippte an ihrem Kaffee und hielt den Blick abgewandt.

»Es ist schon in Ordnung, über sie zu reden«, beruhigte Ginger ihre Freundin, deren Unbehagen sie bemerkt hatte. »Und über Daniel.«

Haley fing Gingers Blick auf, nickte aber nur.

»Es sind bloß noch Daniels Großmutter Ambrosia und seine Schwester Felicia übrig. In dieser Familie gab es so viele Tragödien. Seine Eltern sind mit ihrer Kutsche verunglückt und haben Daniel und Felicia als Waisenkinder zurückgelassen, als Felicia noch ein Säugling war. Sein Großvater ist an Herzversagen gestorben, noch bevor Daniel geboren wurde. Als wir 1913 für unsere Hochzeitsreise nach England kamen, war Ambrosia die Lady von Bray Manor und Felicia war damals gerade erst elf Jahre alt.« Ginger zog die Stirn in Falten. »Daniel hat sich immer Sorgen gemacht, weil seine Schwester ohne Mutter aufwachsen musste. Er hatte furchtbare Schuldgefühle, weil er Felicia zurückließ, als er nach Boston ging. Ich glaube nicht, dass er so lange bleiben wollte, wie es der Fall gewesen ist. Und dann kam der Krieg.«

»Ich dachte, er hätte extra wegen dir den Atlantik überquert?«

»Nun, er war durchaus hinter dem Geld der Hartigans her. Sein Vater hatte der Familie schwere Spielschulden hinterlassen, und Daniel tat, was er für nötig hielt, um Bray Manor zu retten.«

»Heißt das, er hat dich wegen des Geldes geheiratet?« Haley konnte nicht verbergen, wie schockiert sie darüber war.

Ginger blickte sie über den Rand ihrer Tasse hinweg an. »So etwas kommt vor. Mein Vater war für die Hochzeit. Daniel hatte zwar kein Geld, aber er hatte einen Titel.«

Haley setzte ihre halb leere Tasse lautstark ab. »Wie bitte? Wie konntest du mir das vorenthalten?«

Ginger zuckte mit den Schultern. »Wie du sehr wohl weißt, halten Amerikaner britische Titel für prätentiös. Im Geschäftsleben kommt man ohne sie besser zurecht. Männer, die es aus eigener Kraft zu etwas bringen, sind angesehener als solche, die einfach nur reich geboren wurden. Obwohl Vater Daniels Titel sehr bewunderte, hat er ihn nie damit vorgestellt. Außerdem haben Daniel und ich uns ja schließlich ineinander verliebt, und damit wurde alles andere zur Nebensache.«

»Hast *du* auch einen Titel?«

Ginger atmete kurz aus und murmelte: »Lady Gold. Mein Mann war ein Baron. Daniel, Lord Gold.«

»Lady Gold!«

»Psst! Wir müssen ja nicht unbedingt Aufmerksamkeit erregen.«

»Aber Ginger.« Haley konnte sich ein Kichern nicht verkneifen. »Du bist eine echte *Lady*.«

Ginger kniff die Augen zusammen. »›Mrs Gold‹ reicht völlig aus, schönen Dank auch.«

Ein älteres Paar setzte sich an den Nachbartisch. Die beiden schienen entweder bereits die Auswirkungen der Zeitverschiebung zu spüren, oder sie gehörten zu den Unglücklichen, deren Magen den Seegang nicht verkraftete. Der Mann war spindeldürr, als würde er nie etwas essen, sondern alles für seine recht beleibte Frau aufsparen. Ihre Haare waren schneeweiß, aber gekonnt onduliert. Offenbar hatte sich *ihr* Dienstmädchen nicht geweigert, ein Schiff zu betreten. Die Leibesfülle der Frau machte es sicher erforderlich, die Kleider speziell für sie anfertigen zu lassen, doch Ginger erkannte, wie hochwertig der Stoff und wie modern der Schnitt war.

»Mrs Fairchild«, stellte die Frau sich vor, »aus London.« Sie tätschelte ihrem Mann das Bein. »Das ist Mr Fairchild. Der Ärmste hat einen flauen Magen. Ich habe darauf bestanden, zu unserem fünfzigsten Hochzeitstag New York zu besuchen – ich bin dort geboren, wissen Sie –, aber es hat sich so verändert, dass ich es kaum wiedererkannt habe. Fast wäre ich in Tränen ausgebrochen. Diese Reise war eine furchtbare Enttäuschung.« Sie hielt inne, um Luft zu holen, dann fragte sie: »Und Sie sind?«

Ginger lächelte. »Ich bin Mrs Gold und das ...«

Mrs Fairchilds Blick wanderte zu Haley, woraufhin sie entrüstet die Luft einsog. »Sie haben Ihr Dienstmädchen zum Frühstück mitgebracht?«

»Nein, nicht doch. Das ist meine Begleiterin, Miss Higgins.«

Haley, die gerade in Gingers Zeitschrift blätterte, hielt sie hoch und verbarg damit ihr Gesicht, bevor sie eine Grimasse zog. Ginger unterdrückte das Kichern, das aus ihr herauszuplatzen drohte. »Sie ist Krankenschwester.«

»Eine Krankenschwester?«, wiederholte Mrs Fairchild. »Oh, das erklärt dann wohl einiges.«

»Miss Guilford wünscht Honig statt Gelee und Rindfleisch anstelle von Schinken.« Der laute New-Jersey-Akzent von Nancy Guilfords Assistentin schallte durch den Raum und zog die Aufmerksamkeit der älteren Dame auf sich.

Ein junger Kellner, dessen Haare so rot wie die von

Ginger waren, sagte: »Wird Miss Guilford uns mit ihrer Anwesenheit beglücken, Miss Applebalm?«

»Nein. Sie hat Kopfschmerzen und wünscht, in der Kabine zu frühstücken.«

»Jawohl, Miss.«

Patty Applebalm hatte entschlossen die dünnen Lippen geschürzt. »Und Kaffee, keinen Tee. Miss Guilford mag keinen Tee. Und extra Zucker, bitte.«

»Du hast etwas mit Nancy Guilford gemeinsam«, sagte Ginger zu Haley.

»Was ihre Vorliebe für Kaffee betrifft, durchaus«, gab Haley zu, »aber was die Mode angeht, kannst du diese Ehre ganz für dich beanspruchen.«

»Ich bewundere ihren Sinn für Mode, aber ich glaube, dass sie strenger mit ihren Bediensteten umgeht als ich.«

»Stimmt«, pflichtete Haley ihr bei.

Ginger seufzte. »Ich glaube, ich werde Molly vermissen.«

»Sie dich sicher auch.«

Ginger und Haley waren weiterhin von der Begleitung der Schauspielerin in den Bann gezogen. »Was hältst du von Miss Applebalm?«, wollte Ginger wissen.

»Meinst du, ob sie einfach nur besonders ergeben und eifrig ist oder bloß übel gelaunt?«

»Genau.«

Haley überlegte einen Moment, dann antwortete sie: »Ich würde sagen, sie verehrt sie.«

»Da stimme ich dir zu«, meinte Ginger. »Ihr Wille, Miss Guilfords Wünsche zu erfüllen, gleicht dem einer Bulldogge, und so wie sie sie ansieht, wirkt sie sehr hingebungsvoll.«

Haley nickte. »Das ist mir auch schon aufgefallen. Vielleicht ist Miss Applebalm mehr als nur eine einfache Angestellte.«

»Du meinst, es gibt eine Verbindung zwischen den beiden?«, fragte Ginger nach.

»Das ist meine Vermutung.«

»Vielleicht ist sie ihre Tante?«

»Gut möglich.«

»Ja, ich glaube, sie ist die Tante«, sagte Ginger im Brustton der Überzeugung. »Eine ist Waise, die andere kinderlos. Sie hat Nancy Guilford als ihr eigenes Kind angenommen.«

»Eine gewagte Spekulation«, erwiderte Haley.

»Ja, nun, ich spekuliere gerne, wenn mir langweilig ist.«

Mrs Fairchild, deren ausladender Busen voller Krümel war, beugte sich zu ihnen hinüber. »Sie haben ganz recht, Mrs Gold. Ich kenne die Familie Applebalm aus alten Tagen, da waren sie arm wie Kirchenmäuse. Nancys Mutter starb, als das Kind noch klein war, und da es auch keinen Vater gab, hat Nancys Tante, Miss Applebalm, sie wie ihr eigenes Kind zu sich genommen. Für das Mädchen würde sie alles tun, nehme ich an, wirklich alles.«

Ginger war überrascht über das beunruhigend gute Gehör der älteren Frau. Zukünftig würde sie daran denken müssen, ihre Stimme zu senken. Sie rückte ihren Stuhl zurück und raunte Haley zu: »Ich muss mich jetzt mal um Boss kümmern. Es wird Zeit für einen Ausflug in den Zwinger.« Zwar war es Ginger gelungen, darum herumzukommen, ihren Hund während der Überfahrt auf dem Zwischendeck lassen zu müssen, dennoch brauchte er natürlich eine Gelegenheit, sein »Geschäft« zu erledigen.

Freundlich verabschiedete sie sich von den Fairchilds. »Guten Tag. Es war mir ein Vergnügen, Sie kennenzulernen.«

Statt gleich hinunterzugehen, nahm Ginger den Hund mit aufs Brückendeck, von wo aus man die beste Aussicht hatte. Sie lehnte sich an die glatt polierte Mahagoni-Reling, um den Sonnenschein zu genießen, und beobachtete den weißen Wellenkranz, der sich am

Rumpf der *SS Rosa* bildete, während sich das Schiff seinen Weg durch den Atlantik bahnte.

Die Spätsommersonne spiegelte sich auf dem Meer und schuf eine glitzernde Fläche, so weit das Auge reichte. Eine kräftige Brise ließ Gingers blaues Kleid um ihre Waden flattern. Mit einer Hand hielt sie ihren Strohhut fest und legte den Kopf in den Nacken, um zu den hoch aufragenden, schwarz-rot gestrichenen Schornsteinen in der Mitte des Schiffes hinaufzuschauen. Aus der Nähe wirkten sie noch beeindruckender.

»Ich lasse Sie wegen Ungehorsams verhaften!«

Ginger erkannte die wütende Stimme, und als sie sich umdrehte, sah sie den Kapitän und den Ersten Offizier MacIntosh die Treppe zur Brücke hinaufkommen.

»Sie elendiger Schurke!«, rief MacIntosh, der ein paar Schritte hinter dem Kapitän folgte.

Captain Walsh drehte sich auf dem Absatz um und stieß MacIntosh mit dem Finger in die Brust. »Sie haben Glück, wenn Sie noch eine Stelle als verdammter Matrose bekommen, wenn ich mit Ihnen fertig bin.«

Die beiden waren so in ihren Streit vertieft, dass sie Ginger nicht bemerkten.

Zumindest bis Boss, der die Spannung fühlte, zu bellen begann. Ginger ärgerte sich, dass sie ihrem Hund kein Zeichen gegeben hatte, still zu bleiben.

Jetzt wandten sowohl der Kapitän als auch der Erste Offizier sich zu Ginger um.

»Ach, hallo«, rief Ginger übertrieben laut. »Ich habe Sie gar nicht gehört. Ich hoffe, es macht Ihnen nichts aus, dass ich hier hochgekommen bin, um die Aussicht zu genießen. Es ist so ein schöner Tag, nicht wahr? Nur kann ich jetzt leider nicht länger bleiben, denn ich muss meinen Hund in den Zwinger zurückbringen. Ich weiß, ich weiß, ich darf ihn eigentlich nicht aus dem Laufkäfig nehmen, aber ich neige dazu, stets meinen Willen durchzusetzen.« Sie lächelte breit und klimperte mit den Wimpern. »Bitte seien Sie nicht böse auf die Burschen, die dort unten das Sagen haben.«

Captain Walsh besann sich auf sein professionelles Auftreten und kam lächelnd auf sie zu. »Natürlich, Mrs Gold, Sie sind auf dem ganzen Schiff willkommen. Und wir werden den Zwinger-Jungs dieses eine Mal den Regelverstoß nicht ankreiden.«

»Danke«, sagte Ginger und zupfte an Boss' Leine.

»Genießen Sie das schöne Wetter«, fügte Captain Walsh hinzu. »Ich fürchte, es wird nicht so bleiben, bis wir England erreichen.«

»Ach wirklich? Aber kein Unwetter, hoffe ich.« Bei der Vorstellung, dass die SS *Rosa* mitten auf dem Meer von schwerem Unwetter heimgesucht werden könnte, krampfte sich Gingers Magen zusammen.

Captain Walsh beruhigte sie sogleich. »Es besteht kein Anlass zur Sorge.«

»Zum Glück. Guten Tag, Captain!« Sie sah sich nach dem Ersten Offizier um, um sich von ihm ebenfalls höflich zu verabschieden, aber er war schon verschwunden.

Eilig machte Ginger sich auf den Weg durch die Decks hinunter zum Zwinger. Der Streit, den sie soeben mitbekommen hatte, und ihre anschließende Darbietung hatten ihren Herzschlag beschleunigt. Bevor sie unten ankam und mit dem Matrosen sprechen musste, der dort Aufsicht hatte, blieb sie kurz stehen, um die Fassung wiederzugewinnen.

Nach fünf Jahren ohne Einsatz war sie wohl etwas aus der Übung.

4

Als Boss zu winseln begann, wusste Ginger, dass sie ihren Hund jetzt besser schnell in den Zwinger bringen sollte, bevor es einen Unfall gab. Am Eingang zum Zwischendeck stand ein anderer Matrose als am Vortag. »Kann ich Ihnen behilflich sein?«

Ginger berührte mit ihrer behandschuhten Hand die Spitzen ihres Bobs. »Ich habe die Sondererlaubnis erhalten, mein Hündchen aus dem Zwinger zu nehmen. Mein Name ist Mrs Gold. Sie können gerne den Captain fragen.« Wenigstens war die Aussage diesmal wahr.

»Nicht nötig, Madam. Ihr Wort genügt mir.«

Ginger wappnete sich mit einem tiefen Atemzug,

bevor sie die Treppen hinabstieg. Auf dem dunklen Zwischendeck im Bauch des Schiffes roch es nicht gerade angenehm, was nicht nur an den Tieren lag, die dort untergebracht waren. Es stank außerdem nach ungewaschenen Menschen. Ginger hielt sich nur ungern hier auf, weil sie befürchtete, den Geruch in die erste Klasse mitzubringen.

Sie verabscheute, wie versnobt das klang, selbst in ihren eigenen Ohren. Die Passagiere der dritten Klasse starrten sie unverhohlen an, und obwohl Ginger mit ihrem einfachsten Kleid und dem Strohhut schlicht gekleidet war, konnte man dennoch nicht übersehen, dass sie aus einer privilegierten Familie stammte. Die Passagiere hier unten trugen abgenutzte, grau gewaschene Kleidung. Die Frauen hatten ihre langen Haare unordentlich hochgebunden, die Männer trugen ihr Haar länger als angebracht, und es war fettig, ohne dass sie Pomade benutzt hätten. Die Kinder liefen barfuß herum. Um sich freundlich zu zeigen, bemühte sich Ginger um ein Lächeln, doch die Frauen zogen bei ihrem Anblick die Stirn kraus und schoben schnell ihre Kinder hinter sich, als fürchteten sie, dass Ginger sie ihnen wegnehmen könnte.

Neben den Hunden im Zwinger waren hier auch andere Tiere untergebracht, vor allem Hühner und ein paar Ferkel. Es gab sogar ein paar Katzen, aber Ginger vermutete, dass sie vor allem auf dem Schiff waren, damit sie die Mäusepopulation in Schach hielten.

Sie setzte Boss auf dem Boden ab. »Hallo, Scout.« Am Vortag hatte sie den Namen des verwahrlosten, englischen Waisenjungen erfahren, der von seinem Cousin Marvin, der auf dem Schiff als Page arbeitete, an Bord gebracht worden war.

»Tach, Miss«, sagte Scout in seinem ausgeprägten Akzent und kniete sich mit seinen zerschundenen, nackten Knien auf den schmutzigen Holzboden. »Tach'chen, Boss, alter Kumpel. Du musst wohl mal, was?«

Ginger reichte ihm die Hundeleine und er verschwand mit Boss. Der Junge erstaunte sie. In seinem verschmutzten Gesicht leuchteten Augen voller Optimismus, sein eifriges Lächeln zeigte stete Bereitschaft. Ginger wünschte sich, dem Jungen helfen zu können. Vielleicht könnte er ihr auf irgendeine Weise dienlich sein.

Als er mit einem glücklichen und sehr erleichterten Terrier zurückkam, hatte Ginger einen Plan gefasst.

»Bittschön, Miss«, sagte Scout. »Boss hat seine Aufgabe toll erledigt.« Er grinste so breit, dass er dabei seine Zähne zeigte.

Ginger unterdrückte ein Kichern. »Verstehe.«

Scout blinzelte sie an und fragte sich wahrscheinlich, warum sie immer noch hier stand, statt sich wie beim letzten Mal schnell wieder aus dem Staub zu machen. Sie beeilte sich, ihm ihren Vorschlag zu unterbreiten.

»Ich könnte etwas Hilfe gebrauchen, Scout, und du scheinst mir ein grundehrlicher Bursche zu sein.«

»Klar bin ich das, Miss. Meine Mum hat mir lauter gute Manieren beigebracht, bevor sie gestorben ist. Tugend auch, Ma'am. So Sachen wie Ehrlichkeit, zum Beispiel«, sagte er stolz.

»Deine Mutter war bestimmt eine wunderbare Frau.«

»Das war sie, Miss.«

»Ich möchte dich engagieren, um mit Boss zu helfen. Er braucht mehr frische Luft und Bewegung, als ich ihm geben kann.« Das stimmte zumindest zum Teil. Ginger hatte durchaus die Zeit, mit ihm spazieren zu gehen, allerdings war Boss' Anwesenheit in der ersten Klasse höchst unerwünscht und bei allen gesellschaftlichen Veranstaltungen, an denen sie teilnehmen wollte, verboten. Sie hatte Schuldgefühle, weil sie das Tier so oft allein in der Kabine ließ.

»Miss, ich würde Ihnen schon gern helfen, aber die Wachen an der Tür lassen mich nicht nach oben.«

»Das lass mal meine Sorge sein. Und damit eines klar ist: Es handelt sich um einen Auftrag, nicht um einen Gefallen. Ich zahle dir drei Schilling für die gesamte Dauer der Reise.«

Scouts Augen leuchteten auf. »Sie können auf mich zählen, Miss.«

Ginger unterdrückte ein Grinsen. »Dachte ich es mir doch. Du musst allerdings diskret sein. Die anderen Passagiere mit Hunden beugen die Regeln nicht so sehr wie ich …«

»Ich werd' wie ein Geist sein, Miss. So gut wie unsichtbar. Das Schiff kenn' ich wie meine eigene Westentasche, nich' mal der Wachmann weiß so viel wie ich. Es gibt genügend Orte, wohin ich Boss bringen kann, ohne dass wir auf so Leute stoßen wie …«

Scout wurde rot und schien Angst zu haben, dass er Ginger mit der Bemerkung bezüglich ihrer Gesellschaftsschicht beleidigt haben könnte. Sie beeilte sich, seine Befürchtungen zu zerstreuen.

»Ganz genau.« Sie zwinkerte ihm zu und gab ihm ein paar Münzen. »Niemand aus der ersten Klasse soll überhaupt mitbekommen, dass es Boss gibt. Eigentlich könntest du Boss gleich jetzt mitnehmen. Ich erwarte dich in einer Stunde auf dem Deck der zweiten Klasse hinter dem Maschinenraum.«

Scout nahm Boss' Leine wieder an sich. »Ich muss nur meinem Cousin Bescheid geben.«

Ginger streichelte dem Hund über den Kopf. »Sei ein braver Junge. Wir sehen uns bald wieder.«

Sie beobachtete die Interaktion zwischen dem Jungen und dessen Cousin Marvin, ein junger Mann, schlaksig, aber mit breiten Schultern und dunklem Schatten am Kinn. Der Ältere warf einen Blick auf die Münzen und nickte zustimmend. Zufrieden ging Ginger wieder nach oben und redete dort mit dem Matrosen. Es war erstaunlich, was man mit ein paar Schilling alles bekommen konnte. Als sie schließlich das offene Deck erreichte, füllte sie ihre Lungen mit frischer Seeluft.

Anschließend setzte sie die detektivischen Fähigkeiten ein, von denen sie gerne behauptete, sie zu haben, indem sie Scout und Boss mit sicherem Abstand folgte, sodass sie unbemerkt blieb. Scout tat genau das, was er versprochen hatte, und hielt sich im Bereich der zweiten Klasse in abgelegenen Winkeln und Lagerstellen auf. Obwohl er nicht wusste, dass er beobachtet wurde, war er zu Boss genauso freundlich wie zuvor, was Ginger als große Erleichterung empfand. Exakt eine Stunde später – dies war der Tatsache zu verdanken, dass Scout eine Taschenuhr besaß – tauchten die beiden an der Tür zum Maschinenraum auf, wo Ginger nur wenige Minuten zuvor angekommen war.

»Wie ist es gelaufen?«, erkundigte sich Ginger und nahm Boss in ihre Arme.

»Prima, Miss. Boss und ich sind ein gutes Gespann.«

»Das seid ihr tatsächlich.« Da Scout sie überzeugt hatte, würde sie ihn sicher im Hinterkopf behalten, falls sie in Zukunft jemanden für irgendeine Tätigkeit bräuchte.

5

Für den zweiten Abend hatte die Schiffsbesatzung einen Cocktailabend geplant. Ginger hielt sich ein ärmelloses Kleid aus meergrüner Seide mit dünnen Trägern aus Satin an, dann ein saphirblaues Kleid mit halblangen Ärmeln aus durchsichtigem Stoff. Bei beiden Kleidern kräuselte sich der Stoff knapp über Gingers Knöcheln. Sie entschied sich für das Grüne, das ihre Augenfarbe betonte, und drapierte mehrere lange Perlenketten um ihren Hals. Dazu würde sie ein passendes Stirnband mit einer großen, dunklen Feder anziehen, die rechts an der Schläfe steckte.

Haley war weniger aufgeregt und lehnte standhaft Gingers Angebot ab, sich ein Kleid von ihr zu borgen. »Ich würde es wahrscheinlich nur bekleckern.«

»Das wage ich zu bezweifeln«, entgegnete Ginger. »Du hast die ruhigen Hände eines Chirurgen.«

»Ich ziehe meinen Hosenanzug an«, beharrte Haley. »Oder vielleicht bleibe ich auch einfach hier und leiste *dem Boss* Gesellschaft.«

Welcher sogleich den Kopf hochriss, als er seinen Namen hörte.

»Unsinn!« Ginger versuchte es erneut, indem sie ihrer Freundin ein schlichteres, blass pfirsichfarbenes Kleid entgegenstreckte. »Wie wäre es hiermit? Das ist eine schöne Farbe für dich. Sie bringt die goldenen Strähnen deiner kastanienbraunen Haare zur Geltung. Du darfst es sogar behalten. Ich trage es sowieso nie.«

»Ich brauche keine Kleiderspende von dir. Außerdem habe ich keine ›goldenen‹ Strähnchen.«

Ginger zog eine ihrer sorgfältig gezupften Augenbrauen hoch. »Da bin ich anderer Ansicht.«

»Na schön.« Haley schnappte ihr das Kleid aus der Hand. »Aber so ein«, sie zeigte auf die auffällige Feder, »*Ding* da werde ich nicht tragen.«

Ginger hatte das Gefühl, einen kleinen Sieg errungen zu haben, und sagte daher nichts weiter. Sie setzte sich an den Schminktisch und begann, sich zurechtzumachen: dunkler Lidschatten, der bis zu den wohlgeformten, schmalen Augenbrauen reichte, doppelt aufgetragene Wimperntusche, unter den hohen

Wangenknochen ein paar Tupfer Rouge, gefolgt von Lippenstift in einem Mandarine-Ton. Anschließend hielt sie sich ein Taschentuch an den Mund und presste die Lippen dagegen.

Sie musterte Haley im Spiegel. Ihre Freundin hatte eine ungewöhnlich breite Kieferpartie, die allerdings durch die Form ihres Mundes und die vollen Lippen ausgeglichen wurde. Ihre Augen waren dunkel und hatten etwas Geheimnisvolles an sich. Irgendwie passte alles herrlich zusammen, was ihr eigentlich schlichtes Gesicht sehr ansehnlich machte. Mit ein wenig Schminke sähe sie sogar umwerfend aus.

»Ich könnte es dir zeigen.«

»Was zeigen?«, fragte Haley.

»Wie man sich schminkt.« Ginger drehte sich zu ihr um. »Darling, es ist ganz einfach und du, nun ja, du bist ein bisschen blass um die Nase.«

Haley zeigte auf ihr Gesicht. »So hat mich der liebe Gott nun mal gemacht. Entweder finden sich die anderen damit ab oder nicht.«

Ginger musste schmunzeln. Für dieses Selbstbewusstsein konnte sie ihre Freundin wirklich nur bewundern.

Elektrische Kronleuchter erhellten die Cocktail-Lounge, was auf Ginger einen solch magischen Eindruck machte, dass ihr Gang einen besonderen Schwung bekam. Wie sehr sie festliche Veranstaltungen dieser Art doch liebte! Von den bevölkerten Tischen drang sanftes Geplauder zu ihnen, in einer Ecke sorgte ein versierter Pianist für melodische Hintergrundmusik. Mit Haley an ihrer Seite ging Ginger auf die Bar zu.

»Der Kapitän und Mrs Walsh sind auch hier«, flüsterte Haley.

»Davon bin ich ausgegangen.« Ginger steuerte auf das Paar zu. »Captain, Mrs Walsh! Wie geht es Ihnen?«

Mit beiden Händen ergriff der Kapitän Gingers Hand und hielt sie vielleicht ein kleines bisschen zu lange fest. Ginger zog die Hand wieder fort und begrüßte Mrs Walsh, deren Händedruck wesentlich weniger eifrig ausfiel. Während nun Haley den Kapitän begrüßte, bemerkte Ginger, dass er ihrer Freundin nicht so lange und nur einhändig die Hand schüttelte.

»Recht gut«, antwortete Captain Walsh. »Und Ihnen? Hoffentlich genießen Sie Ihre Reise?«

»Ja, sehr. Der Aufenthalt an Bord ist äußerst angenehm.«

»Was darf ich Ihnen an der Bar bestellen?«

Ginger äußerte den Wunsch nach einem *Mary Pick-*

ford und Haley bat um einen *Sidecar*. Beides amerikanische Cocktails, aber glücklicherweise stammte der Kellner aus Boston und kannte wahrscheinlich die Getränke, genau wie Ginger und Haley, aus sogenannten Flüsterkneipen, Spelunken, die trotz Prohibition Alkohol ausschenkten.

Ginger brach durchaus nicht gewohnheitsmäßig Gesetze, aber sechs Monate nach dem Tod ihres Vaters hatte Haley sie aus der Stube gelockt, um sie mit einem fröhlichen Tanzabend in ausgelassener Stimmung auf andere Gedanken zu bringen. »Du musst mal wieder Spaß haben, Ginger. Dein Vater hätte nicht gewollt, dass du nur herumsitzt und wie sieben Tage Regenwetter dreinblickst.«

In beiden Punkten hatte Haley völlig recht gehabt, und so wurden die »Flüsterkneipen-Abende« zu einer wöchentlichen Institution. Die heimlichen Streifzüge durch die dunklen Gassen, bei denen sie sich vor Streifenpolizisten verbargen und mit geheimen Klopfzeichen an Kellertüren Einlass bekamen, hatten für einen ähnlichen Adrenalinschub gesorgt wie damals ihre Arbeit während des Krieges. Nur mit dem angenehmen Unterschied, dass es dabei nicht um Leben und Tod oder die nationale Sicherheit ging.

Captain Walsh winkte den Kellner herbei, um zu bestellen, und Ginger bemerkte seine glänzenden

Manschettenknöpfe aus Gold, die im schimmernden Licht des Kronleuchters aufblitzten.

»Das sind sehr schöne Manschettenknöpfe, Captain. Mir sind gestern bereits Ihre silbernen mit den Fleurs-de-lis ins Auge gefallen.«

Der Kapitän zog die Stirn in Falten. »Ja, das ist mein Lieblingspaar. Sie haben einen hohen sentimentalen Wert für mich, aber leider sind sie jetzt verschwunden.«

»Verschwunden? Haben Sie sie verlegt oder wurden sie ... gestohlen?«

»Ich kann es nicht mit Sicherheit sagen, aber ich fürchte Letzteres.«

»Vielleicht kann ich dabei helfen, sie wiederzufinden.« Ginger fand diesen Gedanken geradezu belebend. »Ich finde oft verschollene Dinge wieder, müssen Sie wissen. Meine Stiefmutter verliert ständig die verschiedensten Sachen, die ich dann wiederfinde. Einmal ist meinem Vater ein wertvolles Stück aus seinem Büro abhandengekommen, und ich habe den Übeltäter ausfindig machen können, leider ein unaufrichtiges Mitglied unseres Haushalts.«

Der Kapitän grinste. Offenbar gefiel ihm Gingers fröhliche, quirlige Reaktion. »Ich wäre Ihnen tatsächlich sehr dankbar, wenn Sie meinen vermissten Besitz wiederbeschaffen würden. Falls die Suche aber erfolglos bleibt, würde ich Ihnen keinen Vorwurf machen. Ich gehe eher davon aus, dass die Knöpfe bald eingeschmolzen und verkauft sein werden.«

Ginger nippte lächelnd an ihrem Getränk und genoss die spritzige Mischung von Rum mit Ananassaft.

Haley stupste Ginger sanft an und flüsterte: »Auf zwei Uhr.«

Ginger blickte nach rechts und erblickte Mrs Fairchild, die neben ihrem widerstrebend wirkenden Mann herankam.

»Hallo, Mrs Gold, Miss Higgins!«

Ginger und Haley begrüßten das Paar.

»Werden Sie uns heute Abend mit einem Tanz erfreuen?«, fragte Ginger.

»Ach, du meine Güte, nein. Wir halten nicht viel von dieser geschmacklosen Musik.« Sie zwinkerte. »Wir sind nur wegen des Alkohols gekommen. Schließlich müssen wir wegen der drei Wochen Prohibition einiges nachholen!«

Ginger hob ihr Glas. »Da haben Sie recht.«

»Oh, aber der Ball ist eine ganz andere Sache«, erklärte Mrs Fairchild, nachdem sie für sich einen Chardonnay und für ihren Mann Whisky bestellt hatte. »Da werden wir die ganze Nacht tanzen. Walzer, das nenne ich einen richtigen Tanz. Wie Sie vielleicht schon wissen, ist der Ball für den letzten Abend geplant. Übrigens, Ihr Kleid ist hinreißend. Haben Sie es in New York gekauft? Es wurde sicher aus Paris importiert.«

»Das stimmt, und ja, ich habe es in der Fifth Avenue gekauft.«

Nun erschien, mit modischer Verspätung, auch Nancy Guilford. Sie trug ein rubinrotes Cocktailkleid mit langen Perlenquasten und eine weiße Federboa, die sie über eine Schulter drapiert hatte. Ihr blonder Bob war von einem leuchtend roten Stirnband umrahmt, in dem ebenfalls eine große Feder steckte. Allerdings in Weiß, während Gingers Feder schwarz war. Ginger überkam eine Welle der Verärgerung, weil sie von dieser Frau übertrumpft worden war.

Die Schauspielerin schritt an Ginger und Haley vorbei, ohne sie eines Blickes zu würdigen, während ihre Aufmerksamkeit voll und ganz auf den Kapitän gerichtet war. Der Mann nickte kaum merklich. Handelte es sich hier vielleicht um eine Art geheime Botschaft? Allerdings schien Mrs Walsh trotz aller Subtilität der Blick nicht entgangen zu sein, so wie sich nun ihre ohnehin wenig heitere Miene verfinsterte.

Als eine Jazzband den Pianisten ablöste, welcher sich sogleich zur Bar begab und ein Bier bestellte, wurde Gingers Aufmerksamkeit von Mrs Walsh fortgelenkt. Einige Tische wurden zur Seite gerückt, um die Tanzfläche zu vergrößern, und sobald schwungvolle Musik ertönte, sprangen die begeisterten Tänzer unter den Gästen sogleich auf.

Dass der Kapitän Interesse an Ginger zeigte, war ihr unangenehm. Jedes Mal, wenn sie einen Blick in seine Richtung warf, sah sie, dass er sie anstarrte.

Haley hatte recht. Andere Frauen so unverhohlen anzuschauen, war gewiss nicht respektvoll seiner Gattin gegenüber. Ginger befürchtete schon, dass er sie gleich zum Tanz auffordern würde. Um einen peinlichen Moment zu vermeiden, ergriff Ginger die Initiative.

»Lieben Sie nicht auch diese neue Jazzmusik, Mrs Walsh? Die sorgt wahrhaftig für gute Laune!« Die Frau machte ein entsetztes Gesicht, doch bevor sie antworten konnte, wandte sich Ginger schon an den Kapitän. »Captain Walsh, Sie müssen Ihre Frau unbedingt zum Tanz auffordern! Wir würden Ihnen beiden so gerne zusehen, nicht wahr, Haley?«

Haley wirkte überrascht, antwortete aber mit ernster Miene: »Ich könnte mir kaum etwas Unterhaltsameres vorstellen.«

Captain Walshs Augen blitzten auf. Immerhin war *er* derjenige mit der größten Autorität an Bord. Ganz offensichtlich hatte Ginger ihn aus dem Konzept gebracht. Er räusperte sich und stand auf.

»Ich fürchte, ich werde auf der Kommandobrücke

gebraucht.« Er setzte seine Kapitänsmütze auf. »Meine Damen.«

Mrs Walsh, die wohl nicht in Gingers und Haleys Gesellschaft bleiben wollte, entschuldigte sich unmittelbar darauf.

»Wie unauffällig«, raunte Haley.

»Ich habe befürchtet, er würde seine Frau in Verlegenheit bringen, indem er mich zum Tanzen auffordert.«

Ginger und Haley nahmen auf hohen Hockern Platz und beobachteten die Paare auf der Tanzfläche. Wie zu erwarten wurde Miss Guilford andauernd aufgefordert. Die Herren standen Schlange, um mit ihr zu tanzen, und die arme Patty Applebalm blieb allein am Tisch zurück, um Nancy Guilfords Habseligkeiten zu bewachen. In ihrem schlichten blauen Kleid saß sie da und wirkte mit den Falten um Augen und Mund wie ein welkendes Mauerblümchen.

Ginger entdeckte den adretten Gentleman vom Vorabend, dessen Augen, wie die aller anderen Herren, ebenfalls auf Nancy Guilford gerichtet waren. Als das Lied zu Ende ging und Miss Guilford mit großem Aufsehen an ihren Tisch zurückkehrte, schlenderte der Mann hinüber.

Haley hatte ihn ebenfalls bemerkt. »Alle Männer sind gleich«, sagte sie tadelnd.

Doch dann tat der attraktive Gentleman etwas gänzlich Unerwartetes. Statt sich an Nancy Guilford zu wenden, forderte er Patty zum Tanz auf.

»Ich nehme zurück, was ich eben gesagt habe«, murmelte Haley. »Es gibt doch noch einen guten unter ihnen.«

Noch mehr als über Pattys Überraschung freute sich Ginger über den bestürzten und verwirrten Ausdruck auf dem perfekten Gesicht der Schauspielerin.

Als der Tanz endete, bestellte Ginger einen weiteren Drink. Diesmal entschied sie sich für einen 1911er Champagner Clicquot. »Warum auch nicht?«, sagte sie gekünstelt. »Schließlich habe ich genug für die Überfahrt bezahlt.«

»Sieh zu, dass du auch ein Glas Wasser trinkst«, riet Haley. »Und du wirst heute Abend auch tanzen, oder?«

»Wie kommst du darauf? Ich höre gerne zu und wippe mit den Füßen.«

»Seinetwegen.«

Als Ginger sich umdrehte, sah sie den eleganten Herrn von vorhin auf sich zukommen. Sein weicher Sommeranzug aus Leinen saß perfekt und schmeichelte seiner Statur. Er war sicherlich über eins achtzig groß. Das glatte Haar war seitlich gescheitelt und ordentlich um die wohlgeformten Ohren getrimmt. Nur ein Hauch von Grau an den Schläfen und ein paar Fältchen an seinen Augen verrieten sein Alter.

»Entschuldige mich bitte«, sagte Haley und erhob sich. »Ich muss kurz den Waschraum aufsuchen.«

Bevor Ginger ihre Freundin aufhalten konnte, stand der Gentleman schon vor ihr und streckte ihr die Hand entgegen. »Darf ich bitten?«, fragte er mit gepflegt britischem Akzent. Ginger konnte seinem Charme nicht widerstehen und hob ihre behandschuhte Hand, um seine anzunehmen. »Gewiss.«

Aus der Nähe bemerkte Ginger, dass die Goldfäden, die in seine edle blaue Krawatte eingewebt waren, die goldenen Flecken in seinen blaugrünen Augen hervorhoben. Intelligente Augen, mit denen er sie offen ansah.

»Darf ich mich vorstellen?«, fragte der Mann, während er sie über die Tanzfläche drehte. »Ich bin Basil Reed.«

»Mr Reed, ich bin Mrs Gold.« Ginger lächelte ihn an, doch indem sie das Mrs vor ihrem Namen besonders betonte, stellte sie gleichzeitig klar, dass sie kein Interesse an einer Affäre mitten auf dem Atlantik hatte.

Die Musik war zu laut, um sich weiter zu unterhalten, und der flotte Rhythmus sorgte dafür, dass ihre Füße in Bewegung blieben. Ginger begann, einen Charleston zu tanzen, sie schwang die Beine auf Kniehöhe, die Arme bewegten sich synchron dazu im Takt, während ihre Perlenkette über der Brust baumelte.

Basil Reed entpuppte sich als würdiger Partner, der es ihr Takt für Takt gleichtat und dabei auf seinen Ledersohlen gekonnt über den Boden glitt. Unter dem Saum seiner Hose spitzten modische Socken im Karomuster hervor.

»Danke, Mr Reed«, sagte sie lächelnd, als er sie anschließend zu ihrem Platz zurückbrachte. »Das war ein großartiger Spaß!«

Er zog ein Baumwolltaschentuch aus seiner Anzugjacke und wischte sich über die Stirn. »Das Vergnügen war ganz meinerseits.«

»Ich muss wohl anfangen, längere Spaziergänge mit meinem Boss zu machen.« Ginger klopfte sich auf die Brust, während sie nach Luft schnappte.

Reed zog eine Braue hoch. »Sie möchten Ihren Chef spazieren führen? Was in aller Welt machen Sie beruflich?«

»Nein, nein«, entgegnete Ginger lachend. »Boss ist mein Hund. Er ist ein Boston-Terrier, verstehen Sie, und Boss ist die Abkürzung für Boston. Aber wie meine Freundin Miss Higgins immer sagt, hält er sich tatsächlich für den Boss.«

»Ich nehme an, er ist im Zwinger untergebracht.«

Ohne zu zögern, entgegnete Ginger: »Natürlich.«

An der Bar verabschiedete sie sich. »Es war schön, Sie kennenzulernen, Mr Reed.« Damit kehrte sie an ihren Platz zurück, wo Haley saß und wartete, während Reed zu seinem Tisch auf der anderen Seite des Raumes zurückschlenderte.

»Und?«, erkundigte sich Haley mit übertriebenem Zwinkern.

Ginger tat, als würde sie es nicht bemerken. »Was und?«

Bevor Haley weiter nachhaken konnte, wurde Ginger abgelenkt. Nancy Guilford stritt sich mit dem Kapitän, der von der Brücke zurückgekommen war. Ginger konnte nicht hören, was gesagt wurde, aber der verärgerte Gesichtsausdruck der Schauspielerin verriet, dass das Gespräch nicht gerade angenehm verlief. Der Kapitän machte auf dem Absatz kehrt und ließ die Schauspielerin stehen, deren Gesicht daraufhin so rot wie ihr Cocktailkleid wurde. Wutentbrannt warf sie ihr Champagnerglas auf den Boden, wo es in tausend Stücke zerbarst.

Der Kapitän warf ihr einen missbilligenden Blick über die Schulter zu, lief aber weiter. Als Nancy merkte, dass alle sie ansahen, warf sie theatralisch die Arme in die Luft und zog einen Schmollmund. »Wie tollpatschig von mir!«

Der rothaarige Kellner beeilte sich, die Scherben aufzusammeln und alles aufzuwischen.

»So eine Verschwendung«, murmelte Ginger.

»Du meinst Zeitverschwendung?«, fragte Haley trocken.

»Eine Verschwendung von gutem Champagner.«

6

Am nächsten Tag hatte Ginger das Frühstück verschlafen und musste sich eingestehen, dass sie am Vorabend vielleicht ein bisschen zu viel getrunken hatte. Haley brachte ihr Kaffee und trockenen Toast, und etwas später fühlte sich Ginger gut genug, um am Mittagessen teilzunehmen.

Als sie in den Speisesaal kam, schaute sie sich beiläufig um und entdeckte einige bekannte Gesichter. Nancy Guilford war auch wieder da, neben ihr saß Patty Applebalm in einem karierten Kleid, dazu trug sie passend zur Tageszeit und zu ihrem Stand flache Oxfordschuhe. Die Schauspielerin hingegen war nach Gingers Meinung für das Mittagessen übertrieben herausgeputzt. Sie hatte ein langes Kleid an, das, wie es ihr Markenzeichen war, seitliche Schlitze bis zu den Waden aufwies. Ihr Gesicht war stark geschminkt. Es wirkte fast, als hätte sie in ihrer Abendaufmachung geschlafen und wäre erst vor Kurzem aufgestanden. Vielleicht war das auch tatsächlich der Fall, denn bei näherer Betrachtung wirkte das Make-up etwas derangiert. Patty lehnte sich hinüber, um Nancy ein Stückchen Frühstücksei vom Mundwinkel zu entfernen, doch diese nett gemeinte Geste schien Nancy nicht zu schätzen. Sie wischte die Hand der älteren Frau ungeduldig fort.

Mr Basil Reed warf Ginger einen Blick zu, während sie mit Haley den Raum durchquerte, was Haley bemerkte.

»Er ist attraktiv«, sagte sie, als sie einen Tisch ausgesucht hatten.

Ginger setzte sich anmutig auf den Platz ihr gegenüber. »Er ist zu alt für mich.«

»Dein Vater hat auch eine jüngere Frau geheiratet«, erwiderte Haley schnaubend.

»Und wie das ausgegangen ist, wissen wir beide.«

»Für sie ist es ja gut ausgegangen.«

»Mag sein. Aber mein Vater war reich. Sonst hätte sie ihn sicher nicht geheiratet.«

»Willst du behaupten, dass du kein Interesse an Mr Reed hast, weil er nicht reich genug ist? Ein bisschen Geld wird er wohl haben, wenn er sich eine Reise in der ersten Klasse leisten kann.«

»Natürlich nicht. Mr Reeds Finanzen sind für mich nicht von Belang. Du kennst den wahren Grund dafür, dass ich nicht interessiert bin.«

Die Erwähnung seines Namens schien den Mann heraufbeschworen zu haben. »Meine Damen, darf ich mich zu Ihnen gesellen?«

Ginger blinzelte gegen eine Welle der Verlegenheit an. Hatte Mr Reed sie etwa gehört? Und schlimmer noch: Wie konnte es sein, dass sie nicht bemerkt hatte, wie er zu ihnen herübergekommen war? Normalerweise entging ihr so etwas nicht. Doch sie hatte sich schnell wieder im Griff.

»Aber gern. Wir haben zufälligerweise gerade von Ihnen gesprochen.«

Reed setzte sich auf den Stuhl neben Ginger und zog eine seiner dunklen Augenbrauen hoch. »Ach, tatsächlich?«

»Ja, Miss Higgins erwähnte, wie gerne sie auf der Cocktailparty getanzt hätte.«

Haley warf ihr einen bösen Blick zu.

Er lächelte Haley an. »Ich glaube, wir wurden uns noch nicht offiziell vorgestellt.« Er nahm seinen Hut ab und streckte die Hand aus. »Ich bin Basil Reed. Und ich entschuldige mich für meine Verfehlung von gestern

Abend. Wo waren nur meine Manieren? Aber ich muss gestehen, dass ich Sie dort gar nicht gesehen habe.«

»Miss Higgins«, erwiderte Haley. »Und bitte, schenken Sie der falschen Annahme von Mrs Gold keine Beachtung.«

»Miss Higgins ist Krankenschwester«, erklärte Ginger. »Sie hat meinen Vater gepflegt, bevor er letztes Jahr starb, und in dieser traurigen Zeit sind wir gute Freundinnen geworden.«

Reed blickte Ginger in die Augen. »Mein herzliches Beileid wegen ihres Vaters.«

Haley wandte ihre Aufmerksamkeit nun der Menükarte zu. »Ich hoffe, Sie mögen Zwiebeln, Mr Reed«, sagte sie. »Als Vorspeise gibt es französische Zwiebelsuppe.«

»Eine meiner Lieblingssuppen, Miss Higgins.«

Das Essen wurde von dem rothaarigen Kellner serviert. »Roy Hardy« stand auf seinem Namensschild und seinem fröhlichen Lächeln nach zu urteilen, verrichtete er seine Arbeit gerne.

»Danke, Mr Hardy«, sagte Ginger, als der Kellner die Suppe brachte.

»Bitte sehr, Mrs Gold. Guten Appetit.«

Ginger und Haley zogen ihre Handschuhe aus, bevor sie mit der Vorspeise begannen, die zusammen mit dem frisch gebackenen Baguette eine Köstlichkeit darstellte. Angeregt unterhielten sie sich mit Mr Reed über die Unterschiede zwischen den amerikanischen und englischen Sitten und die glänzende Zukunft, die beiden Ländern bevorstand.

»Sicherlich profitieren die Hausfrauen von Küchengeräten wie elektrischen Mixern und Staubsaugern, die ihnen die Hausarbeit erleichtern«, bemerkte Ginger.

»Und auch die Automobilindustrie macht große Fortschritte«, fügte Reed hinzu. »Ihrem Henry Ford sei Dank.«

Haley nickte. »Der gute alte Henry.«

»Wer hätte gedacht, dass bald jeder Haushalt ein Radio besitzen würde?«, fragte Ginger. »Es ist so wichtig für die Verbreitung der Kultur.«

»Und für die Übermittlung von Informationen«, ergänzte Reed. »Zum Beispiel aus der Politik.«

Ginger blickte ihn groß an. »In der Tat.«

Der Hauptgang wurde serviert, saftig gebackener Heilbutt an einer cremigen Zitronen-Basilikum-Soße mit gebutterten grünen Bohnen.

»Das riecht fabelhaft!«, verkündete Ginger. »Monsieur Babineaux verwöhnt uns heute wieder. Die Franzosen scheinen bereits mit außergewöhnlichen Kochkünsten auf die Welt zu kommen.«

Nachdem alle probiert und dabei dezente Geräusche der Zustimmung von sich gegeben hatten, wandte sich Ginger wieder an ihren Sitznachbarn. »Mr Reed, erzählen Sie uns ein wenig über sich. Sind Sie in London geboren und aufgewachsen?«

»Jawohl, Madam. Ich kenne London in- und auswendig«, sagte er, indem er mit der linken Hand gestikulierte.

Ginger hatte schon am Abend zuvor seinen schlichten Goldring bemerkt. War er vielleicht auch verwitwet?

»Gibt es eine Mrs Reed?«

Für einen kurzen Augenblick huschte ein Schatten über sein Gesicht. »Ja.«

»Aber sie hat Sie nicht auf Ihrer Reise nach Amerika begleitet?«, erkundigte sich Haley. »Ich hoffe, sie ist nicht krank.« Haley tat ganz wie eine besorgte Krankenschwester und Ärztin in Ausbildung. Doch Ginger wusste, dass Haleys Neugierde einen anderen Hintergrund hatte.

Reed zögerte. »Leider ist Mrs Reed zu Besuch bei ihrer Schwester in Paris.« Geschickt wechselte er das Thema. »Was führt Sie eigentlich nach London, Miss Higgins?«

»Ich werde dort Medizin studieren, um Ärztin zu werden.«

»Das ist ziemlich ... äh, ehrgeizig.«

Haley lehnte sich zurück und verschränkte die Arme. »Weil ich eine Frau bin?«

Ginger verbiss sich ein Grinsen. Gleich würde Haley ihre Ansichten in Sachen Feminismus zum Besten geben.

»Mr Reed«, fuhr Haley mit beherrschter Stimme fort. »In Amerika haben jetzt alle Frauen das Recht zu wählen, nicht nur diejenigen, die älter als dreißig sind, wie es in Ihrem Land der Fall ist. Amerikanische Frauen werden gegenüber Männern als gleichberechtigt angesehen. Jeder Beruf, den ein Mann ausüben kann, steht auch einer Frau offen, und wenn nicht, dann muss es verdammt noch mal geändert werden.«

Als wäre er in eine Sturmböe geraten, wich Reed zurück. »Ich bitte um Verzeihung, Miss Higgins. Ich wollte Sie nicht beleidigen. Ich bin mir sicher, dass die Damenwelt es begrüßen würde, wenn es mehr weibliche Ärzte gäbe. Und natürlich bin ich für das Frauenwahlrecht. Ich hoffe sehr, das britische Parlament wird bald ein Gesetz verabschieden, das dem fortschrittlichen Denken in Amerika gleichkommt.«

Reed trank einen großen Schluck von seinem Kaffee, bevor er den Blick wieder auf Ginger richtete. »Was ist mit Ihnen? Was führt Sie nach London? Machen Sie Urlaub?« Er warf einen Blick auf ihren

Ringfinger und fragte genauso unverblümt wie Ginger: »Ohne Ihren Mann?«

»Mein Mann ist leider im Krieg gefallen.«

Peinlich berührt wegen seines unfreiwilligen Mangels an Feingefühl zuckte er zurück. »Mein Beileid.«

»Danke, Mr Reed. Meine Reise nach London ist mehr geschäftlicher Natur als dem Vergnügen gewidmet. Ich muss mich um den Nachlass meines Vaters kümmern. Es ist eine glückliche Fügung, dass Miss Higgins zur gleichen Zeit nach London aufbrechen musste. Sobald die Angelegenheit geklärt ist, werde ich nach Boston zurückkehren.«

»Ihr Vater war also Engländer?«

»O ja, durch und durch, bis hin zur Teestunde um vier mit Gurkensandwiches ohne Kruste und Bohnen zum Frühstückstoast.«

»Das klingt reizend.« Reed musterte sie. »Jetzt verstehe ich auch, wie es sein kann, dass eine Amerikanerin so britisch wirkt.«

»Ja, ich bewundere die Vorzüge beider Kulturen.«

»Sehr gut. Nun, ich hoffe, es gefällt Ihnen in London für die Dauer Ihres Aufenthalts.«

Als der Kellner kam, um die Teller abzuräumen, erhob sich Haley. »Es war mir ein Vergnügen, Mr Reed.

Bitte entschuldigen Sie mich jetzt, ich muss zu meinen Büchern zurückkehren.«

Ein wenig perplex schaute er ihr hinterher. »Ihre Freundin ist eher ein ernster Typ, nicht wahr?«

Ginger lachte. »Das kann man wohl sagen.«

Haley war noch nicht lange weg, als ein lauter Tumult in der Küche ihre Aufmerksamkeit erregte.

»Was mag da drinnen los sein?«, fragte Ginger.

Reed tupfte sich den Mund mit einer Stoffserviette ab. »Da kann ich auch nur raten.«

Kurz darauf eilte Babineaux durch den Speisesaal an den Tisch von Mrs Walsh. Er sprach so leise in ihr Ohr, dass Ginger nichts hören konnte, aber auf Mrs Walshs Gesicht zeigten sich Schock und Entsetzen.

Nancy Guilford, deren Blicke unablässig den Raum durchstreiften – zweifellos auf der Suche nach dem Kapitän –, ging daraufhin ohne Umschweife zum Tisch von Mrs Walsh.

»Was ist denn los, meine Liebe?«, fragte sie mit ihrem nasalen Tonfall. »Ist etwas passiert?«

Mrs Walsh wandte sich ab, und sehr zum Leidwesen von Miss Guilford nahm Babineaux den Ellbogen der Schauspielerin und führte sie zurück an ihren Tisch.

»Bitte entschuldigen Sie mich«, sagte Ginger und stand auf, um sich um Mrs Walsh zu kümmern, bevor

Mr Reed sie aufhalten konnte. Sie hatte ein flaues Gefühl im Magen, als sie sich der Frau näherte.

»Ist etwas vorgefallen, Mrs Walsh? Kann ich Ihnen irgendwie helfen?«

Mrs Walsh hielt sich den Mund zu, stieß sich von ihrem Tisch ab und stürmte hinaus. Ginger starrte ihr hinterher.

Babineaux kehrte zurück und sagte in seinem starken französischen Akzent: »Es ist entsetzlisch, Madame.«

»Was ist denn passiert, Monsieur Babineaux?«

Babineaux' Stimme schwankte. »Es tut mir fürschterlisch leid, Ihnen das mitteilen zu müssen. Captain Walsh ist tot.«

7

Ginger spürte, dass sich Reed von hinten näherte.

»Ich bin Chief Inspector Reed vom Criminal Investigation Department in London. Gibt es eine Angelegenheit, bei der ich helfen kann?«

Ginger drehte sich abrupt um und hob fragend eine Augenbraue. »Mr Reed, da haben Sie ein ganz schönes Geheimnis für sich behalten.«

»Ich bitte um Entschuldigung, Mrs Gold, aber mein Beruf schien bis jetzt keine Rolle zu spielen.«

»Dann werde ich mich wohl daran gewöhnen müssen, Sie Chief Inspector zu nennen.«

»Gibt es ein Problem?«, wiederholte er und schaute mit entschlossenem Blick von Ginger zu Babineaux. Seine Frage war nicht mehr als eine höfliche Geste, denn er trug seinen Titel mit Autorität, und es stand außer Frage, dass er die Situation in die Hand nehmen würde.

»*Mon Dieu*«, rief Babineaux und flüsterte dem Chief Inspector etwas ins Ohr, der sogleich die Stirn in Falten zog.

»Bitte führen Sie mich zum Ort des Geschehens.«

Als Ginger ihm folgte, hielt Reed sie auf. »Mrs Gold, ich fürchte, das ist eine Angelegenheit für die Polizei, und vermutlich eine ziemlich heikle.«

»Ich bin nicht so empfindlich, wie es den Anschein haben mag, *Chief Inspector*«, erwiderte Ginger. »Captain Walsh war ein Freund der Familie. Ich bestehe darauf, Sie begleiten zu dürfen.«

Reed sah Ginger mit einem Anflug von Ratlosigkeit an, als wüsste er nicht recht, was er mit ihrem unnachgiebigen Verhalten anfangen solle. Offenbar kam er zu dem Schluss, dass dies weder der richtige Zeitpunkt noch der richtige Ort für eine Auseinandersetzung war, und gab nach. Als sie Babineaux durch die Küche folgten, zog Ginger den Kellner Roy Hardy zur Seite.

»Bitte informieren Sie Miss Higgins aus Kabine 45 und richten Sie ihr aus, dass sie ins Restaurant kommen soll. Sagen Sie ihr, sie soll nach mir fragen. Es ist von äußerster Wichtigkeit.« Sie drückte dem Kellner fünf

Schilling in die Hand, der sich sogleich im Laufschritt in Bewegung setzte.

Ginger vergewisserte sich, dass das Küchenpersonal sie hinter dem Koch herlaufen sah, und holte Reed und Babineaux gerade noch ein, bevor sie eine lange Wendeltreppe in den Bauch des Schiffes hinabstiegen.

»Wohin gehen wir, Mr Babineaux?«, wollte der Chief Inspector wissen.

»In Boston wurden die Vorräte aufgestockt. Isch überwache den Speiseplan und kontrolliere, ob wir genug von allem ’aben, was wir täglisch brauchen. Es gibt eine trockene Vorratskammer und eine kühle Vorratskammer mit Eis«, fügte er mit einem Hauch von Stolz in der Stimme hinzu.

Ginger verstand das gut, denn sie wusste, wie sehr ihr Koch in Boston den neuen Kühlschrank schätzte.

Als Babineaux eine schwere Holztür aufzog, schlug ihnen ein kalter Luftzug entgegen. Die Kälte, die sich auf Gingers warme Haut legte, ließ sie frösteln. An den Wänden zogen sich Regale entlang, die mittlerweile halb leer waren, wohl weil sie bereits die Hälfte ihrer Reise zurückgelegt hatten. Es roch etwas muffig, nach altem Gemüse und auch leicht säuerlich nach Salzlake. An der Rückwand stand eine Reihe großer Eichenfässer.

»Mrs Gold?« Haleys Stimme hallte durchs Treppenhaus.

»Hier unten, Miss Higgins«, rief Ginger zurück.

Haley, die offenbar versuchte, sich einen Reim auf die Situation zu machen, erschien in der Vorratskammer. »Was, wenn ich fragen darf, ist denn los?«

»Unser armer Captain ist tot«, klärte Ginger sie auf. »Monsieur Babineaux hat gerade den grausigen Fund gemacht.«

»Und seine Leiche wurde hier unten gefunden?«, fragte Haley, der man den Schreck kaum ansah.

»Jawohl, Miss«, antwortete Babineaux.

Haley runzelte die Stirn. »Wie merkwürdig.«

»Mrs Gold«, sagte Chief Inspector Reed. »Ich muss Einspruch erheben!«

»Schwester Higgins hat im Krieg gedient«, erklärte Ginger mit einem abweisenden Winken. »Ich bin sicher, dass sie schon viel Schlimmeres gesehen hat als das, was uns hier erwartet. Ihre medizinische Erfahrung könnte sich außerdem als nützlich erweisen, meinen Sie nicht?«

Ohne auf eine Antwort zu warten, wandte Haley sich an Ginger. »Warum ist er hier?«

»Weil unser lieber Mr Reed in London auch als *Chief Inspector* Reed bekannt ist.«

Haley sah ihn überrascht an. »Tatsächlich?«

»Ja, tatsächlich.« Er verlor allmählich die Geduld. »Nun, Mr Babineaux, wenn Sie so freundlich wären, uns zu der Leiche zu führen?«

Ginger fragte sich, wo der tote Kapitän wohl zu finden wäre. Auf den ersten Blick hatte sie ihn im Kühlraum zumindest nicht entdeckt.

Der Koch blieb vor einem besonders großen Fass stehen, dessen Deckel schief auflag, was vielleicht die Ursache für den sauren Salzlakengeruch darstellte.

»Ich bitte Sie um eine Erklärung«, forderte der Chief Inspector ihn auf.

Babineaux räusperte sich. »Dies ist ein Gurkenfass. Es ist fast leer, aber isch hatte vor, noch die letzten Reste 'erauszuholen, bevor ich das nächste Fass öffnen wollte.«

Ginger verzog das Gesicht. »Bitte sagen Sie nicht, dass sich der Kapitän in diesem Fass befindet.«

Babineaux' Kinn fiel auf die Brust. »Isch fürschte doch.«

Chief Inspector Reed blickte zu Ginger und Haley. »Wollen Sie immer noch bleiben?«

Ginger nickte. Während des Krieges hatte sie in Frankreich gedient. Ihr Magen war stark.

»Wenn es Ihnen nichts ausmacht, Sir«, sagte Haley, diesmal mit mehr Ehrfurcht vor dem Chief Inspector, »würde ich mich freuen, wenn ich Ihnen bei der Untersuchung behilflich sein könnte.«

»Das muss der Schiffsarzt entscheiden«, entgegnete er. »Mir soll es recht sein.«

Babineaux nahm den Deckel ab und ließ als Erstes den Chief Inspector hineinschauen, anschließend kamen Ginger und Haley an die Reihe. Der Anblick vom aufgedunsenen, blassen Leichnam des Freundes ihres Vaters ließ Ginger das Gesicht verziehen. *Gütiger Herr im Himmel!*

Chief Inspector Reed blickte auf seine Armbanduhr. »Noch zweiunddreißig Stunden, bis wir anlegen. Es bleibt nicht mehr viel Zeit. Wenn wir bis dahin nicht herausfinden, wer der Mörder ist, darf nach Ankunft in Liverpool niemand von Bord gehen.«

8

Ginger war auf makabre Weise fasziniert von der Leiche auf dem behelfsmäßigen Tisch, der von zwei kräftigen Matrosen in die kalte Vorratskammer gebracht worden war.

Der Schiffsarzt »Ol' Doc Johnson« war ein Mann um die siebzig mit grauen Strähnen an den Schläfen und hängenden Schultern. Die dramatischen Ereignisse schienen ihn sehr mitzunehmen.

»Wir hatten noch nie einen Mord an Bord der *Rosa.*« Seine knorrige Hand zitterte, während er sich über die weißen Barthaare am Kinn strich. »Sonst gibt es hauptsächlich Kopfschmerzen und Erkältungen und natürlich die Seekrankheit. Ach ja, und da war noch dieser Grippeausbruch, wohlgemerkt, eine besonders üble Sache, aber nie hat es einen Mord gegeben, nein, nie.«

»Sehr freundlich, dass Sie mir erlauben, Ihnen bei der Untersuchung zu assistieren«, sagte Haley. »Es wird mir für mein weiteres Studium dienlich sein.«

Dem alten Arzt war die Erleichterung über den Beistand deutlich anzusehen.

Ginger überlegte kurz, ob sie in ihre Kabine zurückkehren sollte, um sich gegen die Kälte in der Vorratskammer einen Schal zu holen. Andererseits sorgte der Adrenalinschub, den dieses schockierende Ereignis auslöste, dafür, dass sie nicht fror.

Am College hatte Ginger einen Kurs belegt, der sich Einführung in die medizinische Jurisprudenz nannte. Aber das lag mittlerweile mehr als ein Jahrzehnt zurück und seither hatte sich das Fachgebiet sicherlich weiterentwickelt. Wieder einmal beneidete sie Haley, doch sie hatte sich mit ihrem Schicksal abgefunden und fand Trost in dem Gedanken, dass sie durch ihre Freundin lernen konnte.

In der Kühlkammer stank es jetzt nach Salzlake, und dazu mischte sich der Geruch nach etwas Schlimmerem. Ginger hielt sich ein Baumwolltaschentuch vor die Nase. Der Erste Offizier MacIntosh war über den Tod des Kapitäns informiert worden und überwachte nun das Unterfangen, die gekrümmte und starr gewordene Leiche aus dem Fass zu holen. Für den unwürdigen Vorgang waren drei Seeleute, ein Brecheisen und ein Wischmopp erforderlich.

Schließlich lag der leblose Körper des Mannes zusammengerollt wie ein übergroßer Fötus unter einem frisch gestärkten Laken. Sein einst ansehnliches Gesicht war aufgedunsen und gespenstisch weiß, die Lippen grauenvoll blau.

Haley untersuchte die Leiche mit professioneller Gewissenhaftigkeit, betrachtete Fingernägel, Kopfhaut und überprüfte die Hautoberfläche auf Blutergüsse.

»Und?«, erkundigte sich Ginger.

Chief Inspector Reed räusperte sich, als wolle er Ginger daran erinnern, wer eigentlich das Sagen hatte.

»Am Hinterkopf sind zwei Wunden, die auf stumpfe Gewalteinwirkung hindeuten, eine leichtere und eine schwerere«, sagte Haley. »Die Flüssigkeit, die aus seiner Lunge austritt, riecht stark nach Salzlake, was darauf hindeutet, dass die Todesursache Ertrinken gewesen sein könnte und nicht die stumpfe Gewalteinwirkung. Doch das kann abschließend nur durch eine Autopsie festgestellt werden.«

»Wollen Sie damit sagen, dass der Mann noch am Leben gewesen sein könnte, als er ins Gurkenfass gesteckt wurde?«, fragte der Inspector.

Haley nickte. »Wahrscheinlich. Allerdings ist bei so

einer schweren Kopfverletzung davon auszugehen, dass er bewusstlos war. Außerdem sind keine Splitter oder Holzreste unter seinen Fingernägeln zu finden, die darauf hindeuten würden, dass er sich im Fass gewehrt hätte.«

»Wie lange ist er schon tot?«, fragte Ginger, und wieder flammte Ärger in den hübschen blaugrünen Augen des Chief Inspectors auf.

»Nun, wir wissen, dass er gestern beim Abendessen noch am Leben war«, sagte Haley. »Die Armbanduhr des Kapitäns verrät uns, dass er frühmorgens um 2:34 Uhr in die Tonne gesteckt wurde, aber das sagt natürlich nicht, wann die Kopfverletzung erfolgt ist. An der Hüfte zeichnen sich bereits deutliche Leichenflecke ab.« Haley schlug das Laken zurück, sodass das tiefe Violett des geronnenen Blutes zu sehen war. »Das deutet darauf hin, dass er seit mindestens sechs Stunden tot ist.«

Ginger warf Chief Inspector Reed einen bedeutungsvollen Blick zu, der ihn wissen ließ: *Sehen Sie, ich habe doch gesagt, dass sie gut ist.* Dann fügte sie laut hinzu: »Ich würde herauszufinden versuchen, wer ihn wann zuletzt gesehen hat.«

So wie sich der Gesichtsausdruck des Chief Inspectors bei diesem Ratschlag verfinsterte, wusste er die Einmischung wohl nicht recht zu schätzen. »Ich danke

Ihnen, meine Damen, für Ihre bisherige Hilfe. Ich habe ein Telegramm an Scotland Yard geschickt, und damit ist dieser Fall nun offiziell mein Zuständigkeitsbereich. Ich bitte Sie, die Ermittlungen von jetzt an mir zu überlassen.«

»Aber natürlich.« Ginger schenkte dem Inspector ein zurückhaltendes Lächeln, bevor sie den Raum verließen. Als sie oben im Treppenhaus außer Hörweite war, sagte sie: »Wir müssen mit Mrs Walsh und Miss Guilford sprechen. Als Erstes mit der Ehefrau, denke ich.«

Haley blickte Ginger fest an. »Hast du nicht gehört, was der Chief Inspector gerade gesagt hat?«

»Doch, doch, das habe ich. Er meinte, wir sollen uns nicht *offiziell* einmischen. Außerdem will ich der Frau ja nur mein Beileid aussprechen. Vielleicht sollten wir ein Geschenk mitbringen?«

»Ich glaube nicht, dass es an Bord einen Geschenkeladen gibt.«

»Stimmt. Aber ich habe ein paar Flaschen von Bostons bestem heimlich gebrannten Brandy im Gepäck. Davon könnte ich eine mitnehmen.«

Haley zog eine Augenbraue hoch. »Eine ganze Flasche?«

»Ganz richtig. Wie wir wird sie ein paar Gläser in ihrer Kabine haben. Wir geben ihr einen Drink aus.«

9

Auf ihrem Weg durch die zweite Klasse bis zu der Treppe, die zu ihrem Deck führte, sah Ginger ihr Zimmermädchen Chloe, das gerade einen Wäscheschrank einräumte. Chloe war jung, noch keine zwanzig, und hatte einen gleichmäßigen dunklen Teint und glänzend schwarzes Haar, das streng zu einem Dutt am Hinterkopf gebunden war. Ginger vermutete, dass sie spanischer Abstammung war. Ihre hübschen Augen waren dunkelbraun und ihr gewinnendes Lächeln verdrehte sicher vielen jungen Männern den Kopf.

Darunter auch derjenige, der nur einen Meter entfernt stand und gerade frische Leinentischdecken und Servietten holte. Es war der rothaarige Roy Hardy. Die Tatsache, dass er so tat, als würde er Chloe gar nicht bemerken, brachte Gingers Herz zum Schmelzen.

Der arme Junge!

Endlich nahm Chloe ihn zur Kenntnis und schenkte ihm ein Lächeln, bevor sie wegging. Roy Hardy war so fasziniert von ihr, dass die Tischwäsche ihm aus den Armen rutschte.

»Verflixt!«, murmelte er und bückte sich. Da tippte Ginger ihre Freundin Haley kurz an. »Wir sehen uns gleich in der Kabine.«

»Willst du etwa Amor spielen? Gerade jetzt? Wirklich, Ginger, das ist doch nicht der richtige Zeitpunkt für so etwas.«

»Es wird nicht lange dauern. Die Jugend braucht dringend Hilfe in dieser Herzensangelegenheit!«

Kopfschüttelnd ging Haley weiter.

Ginger wandte sich an den Kellner, der damit beschäftigt war, den Stoffstapel wieder aufzusammeln und neu zu falten. »Hallo, Mr Hardy.«

Sein Kinn schnellte hoch und die Röte in seinem Gesicht wurde noch prominenter. »Oh, Mrs Gold. Bitte entschuldigen Sie, ich habe mich ungeschickt angestellt.«

Ginger beugte sich hinunter, um ihm zu helfen. »Das verstehe ich gut. Miss Chloe ist ja auch ein wunderschönes Mädchen.«

Roy Hardys Augen wurden so groß wie Untertassen. Er blickte sie schockiert an.

»Schon in Ordnung«, beruhigte Ginger ihn schnell. »Es ist ganz natürlich, dass sich ein junger Mann wie Sie für ein Mädchen wie Miss Chloe interessiert.«

»Leider findet sie nichts an mir.«

»Ach, kommen Sie. Sie ist nur genauso schüchtern wie Sie. Haben Sie schon mal mit ihr gesprochen?«

»Nein, Ma'am. Ich würde ja gerne, aber immer, wenn ich in ihrer Nähe bin, weiß ich plötzlich nicht mehr, was ich sagen soll, und meine Zunge fühlt sich an wie ein Knoten aus Leder.« Roy legte die Tischtücher in den Schrank zurück. »Eigentlich brauche ich gar keine Wäsche, ich weiß bloß, dass sie um diese Zeit immer hier ist, und habe eine Ausrede gebraucht, um herzukommen.«

Ginger reichte Roy ihren Stapel frisch gefalteter Servietten. »Sie geben sich Mühe, und ich bin sicher, dass sie nicht umsonst ist. Vielleicht kann ich Ihnen behilflich sein, aber im Augenblick bin ich in Eile. Wenn wir uns später wiedersehen, können wir weiter darüber sprechen. Guten Tag, Mr Hardy.«

Roy Hardy rief ihr nach: »Guten Tag, Mrs Gold. Und danke!«

Haley wusch sich und zog sich um, was Ginger nach Haleys Kontakt mit dem Leichnam für gescheit hielt.

Ginger hätte sich auch gern umgezogen, aber sie

mussten sich beeilen, wenn sie noch vor dem Chief Inspector bei Mrs Walsh sein wollten. Wenigstens zog sie sich noch saubere Handschuhe an und legte einen Schal um, um die Kälte zu vertreiben, die sie seit dem Aufenthalt in der kalten Speisekammer befallen hatte, nachdem sich die erste Aufregung gelegt hatte.

»Wo ist der Boss?«, fragte Haley, während sie sich ein Paar kurze schwarze Handschuhe überstreifte.

»Der junge Scout vom Zwischendeck beaufsichtigt ihn. Ich habe ihm ausrichten lassen, dass er den Hund hochbringen soll. Miss Chloe wird Boss ins Zimmer lassen, falls ich nicht da bin.« Ginger öffnete eine der Schubladen und nahm eine Flasche Brandy heraus. »Es wird fast langweilig sein, wenn man in London einfach so in einen Spirituosenladen gehen kann.«

»Da könnte man es glatt bleiben lassen«, gab Haley scherzend zurück.

Ginger lächelte. »So weit würde ich nicht gehen. Bist du bereit?«

»Ja, gehen wir. Nach dir.«

Ginger klopfte sachte an die Kabinentür. »Mrs Walsh, sind Sie da?«

Stille. Ginger warf Haley einen Blick zu. Wenn Mrs Walsh nicht in ihrer Kabine war, wo dann?

Sie klopfte erneut. »Mrs Walsh? Ist bei Ihnen alles in Ordnung?«

Endlich hörten sie, wie sich leise Schritte näherten, dann wurde der Schlüssel im Schloss umgedreht.

»Mrs Walsh«, sagte Ginger sanft. »Verzeihen Sie die Störung. Bitte erlauben Sie uns, Ihnen unser Beileid auszusprechen.« Sie zeigte auf die Flasche. »Es ist zwar noch früh für Spirituosen, aber ich dachte, unter diesen Umständen …«

Mrs Walsh warf einen Blick auf die Flasche und bat die beiden herein. »Dr. Johnson, dieser alte Kauz, hat mir etwas für meine Nerven gegeben, aber es wirkt nicht.« Sie seufzte schwer. »Es ist so furchtbar schrecklich.«

Haley nahm drei von den Gläsern, die neben einer Kristallkaraffe standen, und stellte sie vor die Kerzenhalter. Ginger schenkte ein und reichte Mrs Walsh das erste Glas. Die nahm es mit zittriger Hand entgegen und trank sogleich einen großen Schluck.

»*Mon Dieu,* das ist gut.« Sie ließ sich in einem Sessel nieder, dessen rosafarbene Polsterung mit feiner Goldstickerei durchsetzt war.

»Sind Sie Französin?«, fragte Ginger.

»*Oui*. Ich bin in Calais geboren, aber nach England

ausgewandert, als ich Mr Walsh kennenlernte.« Als wäre es zu traurig, weiter über ihr Leben nachzudenken, seufzte sie erneut und nahm einen weiteren Schluck.

Wie die Fenster in der Kabine, die sich Ginger und Haley teilten, boten auch diese hier, die etwas kleiner ausfielen, einen wunderschönen Blick aufs Meer. Das Zimmer an sich, in dem sonst nur ein Doppelbett stand, schien etwas größer zu sein. Ginger trank auch einen Schluck Brandy und nahm ebenfalls Platz, während Haley neben der Anrichte stehenblieb.

Eine schnelle Bestandsaufnahme des Raums ergab keine unmittelbaren Anzeichen für männliche Präsenz – keine Schuhe in großen Größen, keine Pfeife, kein Tabak, kein Herrenmantel.

»Es tut mir so leid, was passiert ist, Mrs Walsh«, begann Ginger.

»Nennen Sie mich Elise. Ich denke, wir können das Formelle hinter uns lassen.«

»Natürlich. Und bitte nennen Sie mich Ginger.«

Elise nickte betrübt und trank wieder einen Schluck.

»Mein Vater ist letztes Jahr gestorben«, erzählte Ginger. »Es war eine schreckliche Zeit in meinem Leben. Ich kann mir also vorstellen, wie Sie sich fühlen.«

»Mein Beileid«, sagte Elise Walsh schlicht.

»Sind Sie denn wach geworden, als Ihr Mann mitten in der Nacht das Zimmer verließ? Haben Sie auf die Uhr gesehen?«

Elise Walshs Blick verdunkelte sich. »Ich fürchte, der Kapitän und ich sitzen bei den Mahlzeiten nur zusammen, um den Schein zu wahren. Mr Walsh und ich haben jeweils unsere eigene Kabine.« Sie deutete auf eine geschlossene Tür auf der anderen Seite. »Sein Zimmer ist durch diese Tür mit meinem verbunden.«

Ginger hatte so etwas schon geahnt. Nun wünschte sie sich nur, in das andere Zimmer zu gelangen, um sich umzusehen. »Es tut mir leid«, sagte sie. »Das wusste ich nicht.«

»Wann haben Sie denn Ihren Mann das letzte Mal lebend gesehen?«, erkundigte sich Haley.

»Kurz nach dem Abendessen gestern.« Tränen quollen aus ihren Augen. »In unserem Hafen der Ehe war viellcicht nicht immer gutes Wetter, aber ich habe ihn trotzdem geliebt. Ich kann nicht glauben, dass ich ihn nie wieder sehen werde.«

Elises Trauer wirkte echt. Andererseits war es möglich, so vermutete Ginger, dass ein Mensch einen vorsätzlichen Mord begehen konnte und hinterher die Tat aufrichtig bereute. Oder vielleicht war sie nur eine gute Schauspielerin.

»Hatte der Kapitän denn irgendwelche Feinde?«

»Warum stellen Sie mir diese Fragen, Ginger?« Mrs Walsh klang jetzt unwirsch. »Wäre das nicht Aufgabe der Polizei?«

Ginger ließ sich nicht entmutigen. »Ich muss zugeben, ich war schon immer ein neugieriger Mensch. Sie können es aber als Übung ansehen, für später, wenn der Chief Inspector Sie befragt. So können Sie überlegen, was Sie antworten wollen.«

Elise Walsh musterte sie streng, während sie über ihre Worte nachdachte, und lenkte ein: »Vielleicht. Obwohl ich nichts zu verbergen habe.«

Ginger versuchte es erneut. »Also, war das der Fall? Hatte Captain Walsh irgendwelche Feinde?«

»Bei den meisten Leuten war Joseph recht beliebt. Ich glaube nicht, dass er echte Feinde hatte. Im Gegenteil. Zu viele Menschen haben ihn geliebt«, sagte sie mit einem Hauch von Bitterkeit.

»Meinen Sie damit Miss Guilford?«

Elise Walsh richtete sich ruckartig auf. »Sie wissen von Nancy Guilford?«

»Es ist nur eine Vermutung, die auf meinen Beobachtungen beruht.«

»Dieses Weibsstück!«, spuckte Elise aus. »Wenn eine Frau schon vorhat, mit dem Mann einer anderen fremdzugehen, sollte sie zumindest so viel Anstand haben, diskret zu sein.«

Mrs Walsh wusste also von der Untreue ihres Mannes.

Elise trank den letzten Tropfen aus und hielt Ginger das Glas für eine zweite Runde entgegen. Ginger schenkte ein und erinnerte sich daran, wie der Kapitän so respektlos auf das Trinkproblem seiner Gattin hingewiesen hatte.

»Ich habe gelogen, als ich sagte, dass Joseph keine Feinde habe«, gab Elise Walsh nach einem weiteren Schluck zu. »Er hatte mindestens einen.«

»Ja?«, fragte Ginger vorsichtig.

»Er wurde erpresst.«

10

Die Luft im Raum schien dünner zu werden. Plötzlich schirmte eine Wolkenfront die Sonne ab, ein bedrohlicher Schatten breitete sich in der Kabine aus. Ginger und Haley wechselten überraschte Blicke, bevor Ginger das Wort ergriff.

»Von wem wurde er erpresst?«

»Ich habe keine Ahnung«, antwortete Elise Walsh kühl. »Ich weiß es nur, weil ich einen Brief in seiner Jackentasche gefunden habe.«

Obwohl es Ginger durchaus interessiert hätte, hielt sie es nicht für klug, Mrs Walsh zu fragen, warum sie die Taschen ihres Mannes durchwühlt hatte. »Kennen Sie den Grund dafür? Was hatte der Erpresser gegen Captain Walsh in der Hand?«

»Wenn ich das nur wüsste. Aber jetzt werden wir es vielleicht nie mehr erfahren.«

Die Pupillen von Elises grauen Augen weiteten sich, ihre Mundwinkel zuckten.

Mrs Walsh log.

Sie hob das fast leere Glas an die Lippen und neigte den Kopf zurück, während sie die letzten Tropfen trank. »Wie Sie sich vorstellen können, nimmt mich das alles sehr mit.« Sie stand auf, um deutlich zu machen, dass ihre Gäste jetzt besser gehen sollten.

Ginger verstand den Wink und schnappte sich die halb leere Brandyflasche, bevor sie sich von der gerade zur Witwe gewordenen Frau verabschiedete.

»Was hältst du davon?«, wollte Haley wissen, als sie und Ginger den Außenkorridor Richtung Backbordseite des Schiffes hinuntergingen, wo sich ihre Kabine befand.

»Ich glaube, Mrs Walsh sagt die Wahrheit, was die Erpressung angeht. Aber dass sie die Gründe dafür nicht kennt, ist gelogen. Wie auch immer, es gibt ihr ein starkes Motiv: sich an ihrem betrügerischen Ehemann rächen *und* sich aus dem mächtigen Griff des Erpressers befreien.«

»Obwohl der Erpresser sich nun gegen sie richten könnte«, gab Haley zu bedenken.

»Hmm«, sagte Ginger. »So wie Mrs Walsh gesprochen hat, scheint es unwahrscheinlich zu sein, dass sie einen Schaden zu befürchten hätte.«

»Abgesehen von ihrem Ruf.«

»Vielleicht denkt sie, dass dieser ohnehin schon ruiniert ist. Der Kapitän war offenbar nicht sehr diskret, was seine Affären anging.«

»Es wäre interessant zu wissen, ob der Kapitän ihr etwas hinterlassen hat«, überlegte Haley.

»Ach, du meine Güte«, rief Ginger. »Vielleicht wollte er sein Testament ändern, um jemand anderen zu begünstigen?«

»Eine Liebhaberin?«

»Ich würde da mal auf die Schauspielerin tippen.«

»Miss Guilford hat es offensichtlich nicht gefallen, den Kapitän zusammen mit seiner Frau im Speisesaal zu sehen«, meinte Haley.

»Stimmt. Miss Guilford scheint keine Frau zu sein, die gerne die zweite Geige spielt, nicht einmal neben seiner Gattin. Ihr Auftritt in der Cocktail-Lounge hat gezeigt, wie sehr sie nach Aufmerksamkeit verlangt.«

Als Ginger die Tür zu ihrer Kabine aufschloss, sprang Boss von seinem Kissen auf, um sie zu begrüßen.

»Du bist wieder da!« Sie nahm den kleinen Hund hoch, ließ sich von ihm übers Gesicht lecken und notierte sich in Gedanken, Miss Chloe ein großzügiges Trinkgeld zu geben. Beim Gedanken an das Zimmermädchen fiel ihr wieder ihr Versprechen gegenüber Mr Hardy ein. Sie musste einen Weg finden, diese beiden schüchternen Menschen dazu zu bringen, miteinander zu sprechen.

Ginger setzte den Hund ab, um die Brandyflasche wegzustellen. Boss folgte ihr schwanzwedelnd durch den Raum. »Tut mir leid, dass wir so lange gebraucht haben, Bossy«, flötete sie. »Frauchen muss einen Mord aufklären, da kann man leider nichts machen.«

Sie zog ihre Handschuhe aus, faltete sie zusammen und legte sie in eine der Schubladen, während sie wieder über den Fall nachsann. »Vielleicht hat der Kapitän Miss Guilford gesagt, dass er seine Frau nie verlassen wird, und da hat sie beschlossen, ihn zu töten, indem sie ihm mit einem noch unbekannten stumpfen Gegenstand auf den Kopf schlug.«

»Das könnte schon ein Motiv sein«, überlegte Haley, die sich an den Tisch setzte und ihre Lehrbücher aufschlug. »Allerdings ist sie nicht stark genug, um ihn in ein Gurkenfass zu stecken.«

»Sie nicht, aber Officer MacIntosh«, sagte Ginger und nahm am Fenster Platz, was Boss als Einladung ansah, auf ihren Schoß zu springen. »Du erinnerst dich an den Streit zwischen ihm und dem Kapitän, von dem ich dir erzählt habe.«

»Wenn wir nur wüssten, worüber sie sich gestritten haben.«

»Ja, das wäre hilfreich.« Ginger schlug die Beine übereinander und Boss suchte sich eine bequemere Position. »Und das wirft eine weitere Frage auf. Wenn du jemanden auf einem Schiff umbrächtest, würdest du dann seine Leiche in einem Gurkenfass verstecken?«

Haley schüttelte die dunklen Locken. »Ich würde ihn über Bord stoßen und nicht riskieren, dass die Leiche gefunden wird.«

»Was wohl bedeutet, dass der Mörder wollte, dass der Kapitän gefunden wird.«

»Als Beweis für den Tod des Captains?«

»Das klingt düster.«

Haley nickte. »Fast nach organisiertem Verbrechen.«

Ginger stand auf und setzte Boss auf seinem Kissen ab. Der Hund drehte sich im Kreis, bevor er sich darauf niederließ.

»Wer hätte noch ein Motiv und die Fähigkeit, den Kapitän zu töten?«, fragte Haley.

Ginger lief nun im Raum auf und ab. »Es könnte wirklich jeder gewesen sein. Es ist ja nicht so, dass wir alle an Bord kennen.«

»Auch wieder wahr.«

»Aber ich muss immer wieder daran denken, wie

Babineaux und Mrs Walsh sich angesehen haben. Für mich sah das so aus, als verbinde die beiden viel mehr als eine flüchtige Bekanntschaft.«

»Glaubst du, der Koch hat den Captain getötet, um seine Frau zu bekommen?«, fragte Haley. »Er wäre zumindest stark genug, um die Leiche ins Gurkenfass zu stecken.«

»Schon, aber warum sollte er dann das Versteck verraten?«

»Vielleicht dachte er, dass er durch den ›Fund‹ der Leiche über jeden Verdacht erhaben wäre.«

»Was allerdings immer noch nicht die Frage beantwortet, warum er die Leiche nicht einfach über Bord geworfen hat«, meinte Ginger.

»Stimmt«, pflichtete Haley ihr bei.

»Das macht sie alle, Mrs Walsh, Miss Guilford, den Ersten Offizier MacIntosh und den Koch Babineaux, zu potenziellen Verdächtigen.«

»Mit wem reden wir als Nächstes?«, wollte Haley wissen.

»Gute Frage.« Ginger setzte sich an den Schminktisch und bürstete sich die Haare. »Wir dürfen dem Chief Inspector nicht in die Quere kommen. Wir hatten Glück, dass wir Elise Walsh vor ihm erreicht haben, aber wir müssen davon ausgehen, dass er mittlerweile von der Erpressung erfahren hat.«

»Der Chief Inspector scheint recht aufmerksam zu sein und alles genau zu beobachten«, sagte Haley mit einem Augenzwinkern. »Vor allem scheint er seine Aufmerksamkeit auf dich gerichtet zu haben.«

Ginger gluckste. »Bleiben wir beim Thema, Schwester Higgins, bleiben wir beim Thema.«

»Wenn du darauf bestehst«, gab Haley zurück. »Was steht nun an? Ein Besuch bei Miss Guilford?«

11

Ginger hängte sich bei Haley ein und führte Boss an der Leine. Sie wollte ihn nicht allein in der Kabine lassen, und es wäre zu umständlich und zeitaufwendig gewesen, den jungen Scout noch einmal aufzusuchen.

Sie machten sich auf den Weg zum Concierge, um sich nach der Zimmernummer von Miss Guilford zu erkundigen. Der junge Mann, auf dessen Namensschild »Ernest« stand, schien von Gingers Ausstrahlung überwältigt zu sein. Oder vielleicht war er auch nur wegen des Hundes eingeschüchtert. Heutzutage war es schwer, die jüngere Generation zu durchschauen.

»Kennen Sie schon meinen Boston-Terrier?«, fragte Ginger mit strahlendem Lächeln. »Er heißt Boss.«

»Nein, Madam. Ich hatte noch nicht das Vergnügen.« Ernest ging in die Hocke und streckte eine Hand aus. »Ist er brav?«

»Er hat gerade gefressen, also müssen Sie sich keine Sorgen machen.«

Ernest zog sofort die Hand zurück und starrte Ginger erschrocken an.

»Ach, ich mache nur Spaß, Ernest. Boss tut keiner Sterbensseele etwas zuleide.«

Ernest lachte leise, dann traute er sich erneut. Der Hund schmiegte sich an den jungen Mann und genoss es, hinter den Ohren gekrault zu werden. Er leckte begeistert mit seiner rosa Zunge durch die Luft.

»Eigentlich sollte Boss während der Überfahrt im Zwinger bleiben, aber ich kann den Gedanken nicht ertragen, ihn dort zu lassen. Ein kleiner Spaziergang an der frischen Luft muss doch erlaubt sein.«

Ernest zuckte mit den Schultern. »Ich habe selbst einen Hund«, sagte er. »Eine Deutsche Schäferhündin. Sie heißt Maxine.«

»Eine schöne Rasse und sehr schlaue Tiere.«

»Das ist wahr, Madam. Klüger als manch ein Mensch, den ich so kenne.«

»Sicherlich kann es Maxine kaum erwarten, dass Sie wieder nach Hause kommen.« Ginger sah ihm in die Augen. »Ernest? Ich wollte Sie fragen, ob Sie mir vielleicht helfen können. Wir hatten neulich das Privileg, mit Miss Nancy Guilford zu Abend zu essen.« Sie ließ ihren gesamten britischen Charme spielen. »Sie ist eine so reizende Frau, und wir haben uns prächtig verstanden. Ich muss sie einfach wiedersehen, bevor wir von Bord gehen. Ich fände den Gedanken fürchterlich, dass eine potenzielle Freundschaft im Keim erstickt werden könnte. Es tut mir nur so leid, dass ich sie nicht nach ihrer Telefonnummer gefragt habe. Wie dumm von mir.« Ginger klimperte für den jungen Mann, der so von ihr fasziniert war, mit den Wimpern.

Haley gab sich Mühe, nicht mit den Augen zu rollen.

»Es verstößt gegen unsere Richtlinien, persönliche Informationen unserer Passagiere herauszugeben, aber da wir bald anlegen, sehe ich kein Problem darin.« Der Concierge teilte ihr die Zimmernummer mit. Die Kabine von Miss Guilford befand sich auf der Steuerbordseite, wie die von Ehepaar Walsh, nur näher am Bug. Immer noch reichlich Gelegenheit für unangenehme Begegnungen.

»Danke, Ernest!« Ginger warf ihm einen Luftkuss zu. »Sie sind ein solcher Schatz.«

»Und du bist abscheulich«, raunte Haley ihr zu, als sie weggingen.

»Aber ich habe die Zimmernummer bekommen, oder nicht?«

»Ja, das hast du durchaus gut gemacht. Was genau ist denn nun dein Plan mit Miss Guilford? Ich bezweifle, dass sie überhaupt weiß, dass es uns gibt.«

»Ja, wahrscheinlich nimmt sie von niemandem Notiz, der nicht zu ihrem Gefolge gehört«, erwiderte Ginger. »Filmstars leben in ihrer ganz eigenen Fantasiewelt.«

»Ich habe gehört, dass sie demnächst in einem Tonfilm mitspielen wird«, sagte Haley.

»Mit dieser Stimme?«

Sie bogen gerade in den Korridor ein, in dem sich Nancy Guilfords Kabine befand, als sich die Tür des besagten Zimmers öffnete und MacIntosh herausschlüpfte. Ginger und Haley duckten sich in eine Ecke, bevor er sie sehen konnte, und Ginger hielt einen Finger an die Lippen, damit Boss keinen Mucks von sich gab.

»Das ist interessant«, flüsterte sie, als MacIntosh außer Sichtweite war.

»In der Tat sehr interessant«, pflichtete Haley ihr bei. »Nancy Guilford und der Erste Offizier kennen sich näher. Sind sie vielleicht ein Liebespaar?«

»Oder Komplizen bei einem Tötungsdelikt?«

»Was könnten ihre Beweggründe sein?«

»Vielleicht möchte der Erste Offizier eines Tages Kapitän werden.«

»Meinst du, er würde dafür töten?«, fragte Haley.

»Ich weiß es nicht. Was hätte er denn sonst zu gewinnen?«

»Vielleicht war er der Erpresser, und als er mehr Geld gefordert hat, entbrannte zwischen ihm und dem Captain ein Streit«, überlegte Haley. »Im Eifer des Gefechts hat MacIntosh ihn umgebracht.«

»Das ist möglich, und es könnte sehr gut der Grund für den Streit auf dem Brückendeck sein. Möglicherweise ist es auch nur reine Machtgier. MacIntosh ist jetzt der kommissarische Kapitän für den Rest dieser Reise. Wir müssen herausfinden, ob er anschließend auf unbestimmte Zeit der Kapitän dieses Schiffes bleiben wird.«

»Sein Motiv könnte auch simple Rivalität in Liebesdingen sein«, meinte Haley. »Vielleicht ist MacIntosh in die hübsche Miss Guilford verliebt und war eifersüchtig, weil er sie mit niemandem teilen will.«

»Dann könnte sich der Streit zwischen den beiden Männern um Miss Guilford gehandelt haben«, fasste Ginger zusammen.

»MacIntosh ist auf jeden Fall stark genug, um einen Mann in ein Fass zu stecken.« Haley wurde langsamer, als sie Miss Guilfords Tür erreichten. »Aber es bleibt immer noch die Frage offen, warum jemand sich diese Mühe macht.«

»Die Lake der Einmachgurken würde eine Leiche für eine Weile konservieren, oder?«, überlegte Ginger.

»Vielleicht für kurze Zeit«, räumte Haley ein.

»Aber zumindest lange genug, um sie morgen Abend an Land zu bringen, oder?«

»Ja. Das wirft die Frage auf, warum der Mörder die Leiche konservieren wollte. Aus anderen Gründen als den Tod des Kapitäns nachzuweisen? Wenn nicht, warum braucht der Mörder den Nachweis?«

Ginger klopfte. Im Gegensatz zur langsamen Reaktion von Mrs Walsh öffnete sich hier die Tür sofort. Doch als Nancy Guilford sah, wer davorstand, verflog ihr Lächeln.

»Haben Sie jemand anderen erwartet?«, fragte Ginger.

Die Schauspielerin lächelte höhnisch und entgegnete in ihrem nasalen Tonfall: »Jedenfalls habe ich nicht Sie erwartet, Mrs Gold.«

»Ah, Sie wissen also, wer ich bin.«

»Der Captain hat gerne von Ihnen und seiner Verbindung zu Ihrer Familie geschwärmt.« Sie blinzelte misstrauisch. »Warum sind Sie hier?«

Ginger kramte in ihrer Umhängetasche und zog die halb leere Flasche mit dem Brandy hervor. Wenn sie in diesem Tempo mit allen Verdächtigen, die sie befragen wollten, weitertranken, hätten sie am Ende des Abends einen Rausch.

Nancy warf einen Blick auf die Flasche und winkte sie herein. »Aber der Hund bleibt draußen!«

»Wenn der Hund draußen bleibt, bleibt auch der Brandy draußen.«

»Also gut. Aber wenn er den Teppich beschmutzt, schicke ich Ihnen die Rechnung.«

»Einverstanden.«

Nancy Guilford schien Chaos und Unordnung zu lieben. Teure Kleider lagen über Stühlen und Sesseln, Spitzenunterwäsche hing aus offenen Schubladen. Obwohl das Bett dank des Zimmermädchens gemacht worden war, sah die Tagesdecke so aus, als hätte gerade noch jemand darauf gelegen. Kein einziges Buch war zu sehen, dafür lag ein Stapel Filmzeitschriften auf dem Tisch.

Wie schon bei Mrs Walsh nahm Haley drei Kristallgläser, die neben der dazugehörigen Karaffe standen, und stellte sie auf die Anrichte vor die Kerzenständer. Ginger linste in eine offene Schublade und betrachtete die Gegenstände darin – achtlos hineingeworfene Handschuhe, die zerknitterte Quittung eines Juweliergeschäfts –, bevor sie sie mit ihrer Hüfte zuschob. Sie schenkte zwei Fingerbreit Brandy ein und reichte

Nancy Guilford ein Glas, das die Schauspielerin mit einem Nicken annahm.

»Ich vermute, Sie haben herausgefunden, dass der Captain und ich ein Liebespaar waren«, sagte sie nach dem ersten Schluck.

»So viel haben wir mitbekommen, ja.« Ginger hielt es nicht für nötig zu sagen, dass sie die Information von der Frau des Kapitäns erhalten hatten.

»Und Sie verdächtigen mich, etwas mit seinem Tod zu tun zu haben.«

»Haben Sie das denn?«, hakte Haley ein.

Nancy trank einen großen Schluck. »Nein.«

Kurz und knapp. »Waren Sie gestern Abend mit ihm zusammen?«, fragte Ginger.

»Nicht, dass es Sie etwas angehen würde, aber ja.« Sie holte eine Zigarette aus ihrem Etui, steckte sie in eine elfenbeinerne Zigarettenspitze und zündete sie mit einem silbernen Feuerzeug an. Anschließend blies sie den Rauch seitlich aus ihrem Mund aus und fügte hinzu: »Und bevor Sie fragen: Er war noch am Leben, als ich sein Zimmer verließ.«

»Können Sie das beweisen?«, fragte Haley.

Nancy Guilford warf ihr einen finsteren Blick zu. »*Ihnen* muss ich ja kein Alibi vorlegen.«

»Wie gut sind Sie mit dem Ersten Offizier bekannt?«, fragte Ginger nun.

»Das geht Sie gar nichts an, meine Liebe.«

Ginger wandte denselben Trick wie zuvor bei Mrs Walsh an, indem sie sagte, das Gespräch sei eine gute Gelegenheit, sich Antworten für die Polizei zu überlegen.

»Wie gut kennen Sie den Ersten Offizier?«, wiederholte Ginger also ihre Frage.

Nancy betrachtete sie eine Weile, bevor sie antwortete. »Nicht besser als jeder andere auf diesem Schiff.«

»Wussten Sie, dass Captain Walsh erpresst wurde?«

Nancy schnaubte. »Wer hat Ihnen das erzählt? Elise? Sie ist nicht ganz bei Sinnen. Sie konnte sich nicht damit abfinden, dass Joseph meine Gesellschaft der ihren vorzog. Sie würde alles tun, um sein Andenken zu beschmutzen.«

»Soweit Sie wissen, wurde der Kapitän also nicht erpresst?«

»Nein, das wurde er nicht.« Sie drückte ihre halb gerauchte Zigarette aus. »Wenn es Ihnen nichts ausmacht, ich bin sehr müde und möchte, dass Sie jetzt gehen.«

Ginger betrachtete die Brandyflasche, in der noch ein gutes Drittel übrig war, und schraubte den Deckel zu.

»Es war mir wie immer ein Vergnügen«, sagte Ginger. Haley gab einen spöttischen Laut von sich.

»Komm, Boss«, rief Ginger, während sie die Kabinentür öffnete. Abrupt blieb sie stehen, denn sie fand sich Nase an Nase mit Basil Reed wieder, der gerade im Begriff war, anzuklopfen.

»Chief Inspector Reed, was für eine Überraschung, Sie hier anzutreffen!«

Sein Gesicht nahm einen verärgerten Ausdruck an, von dem Ginger langsam annehmen musste, dass er allein für sie reserviert sei. Dann beäugte er mit wenig Wohlwollen den Hund. »Tatsächlich? Darf ich fragen, warum *Sie* hier sind?«

Ginger winkte mit der fast leeren Brandyflasche. »Wir hatten nur ein kleines Plauderstündchen mit unserer guten Freundin Nancy. Wussten Sie eigentlich schon, dass sie ein berühmter Filmstar ist? In Amerika, meine ich.«

»Ich fürchte, ich habe noch keinen ihrer Filme gesehen. Wenn es Ihnen nichts ausmacht«, brummte Chief Inspector Reed, »würde ich jetzt gerne mit ihr sprechen.«

»Aber natürlich, Chief Inspector«, sagte Ginger mit siegreichem Grinsen. »Guten Tag.«

12

Mit ihrem breitkrempigen Hut, der mit weißen Seidenblumen verziert war, und ihren zarten Spitzenhandschuhen, die ihr fast bis zu den Ellenbogen reichten, glaubte Ginger, dass sie in Sachen Glamour durchaus mit der Schauspielerin mithalten konnte. Sie lehnte sich im Liegestuhl zurück und schlug unter der kantonesischen Kreppseide ihres rauchblauen Kleides anmutig ein Knie übers andere. Die Meeresbrise wehte elegant durch den orientalischen Crêpe-de-Chine-Besatz ihres Rocks und ließ die Glockenärmel flattern. Wenn ein Fall in kürzester Zeit gelöst werden musste, mochte es leichtsinnig erscheinen, sich einen Moment Zeit zu nehmen, um die Sonne zu genießen, aber Ginger brauchte eine Pause zum Innehalten und Nachdenken. Sie schloss die Augen.

Jedes Rätsel war lösbar, wenn man es aus allen Blickwinkeln betrachtete.

Captain Walsh war erschlagen und zur Aufbewahrung in die Kühlkammer gebracht worden. Der Schauplatz des Verbrechens war unbekannt, zumindest für sie. Alle Personen, die mit dem Kapitän in Verbindung standen, kamen als Täter infrage.

»Genau diejenige, nach der ich gesucht habe.«

Der Klang der vertrauten Stimme brachte Ginger zum Lächeln. Sie öffnete die Augen. »Ach, Chief Inspector Reed. Sind Sie gekommen, um die schöne Aussicht zu genießen?«

»Ich wünschte, ich hätte Gelegenheit zur Muße, Mrs Gold, aber leider muss ich mich um einen Mörder kümmern.«

Ginger setzte sich auf und rückte ihren Sonnenhut zurecht, wobei sie darauf achtete, dass die Blumen an der richtigen Stelle über dem Ohr saßen. »Was einem die Entspannung ein bisschen vergällen mag.«

»Ganz richtig.« Der Chief Inspector nahm seinen Panama-Strohhut ab und deutete auf den leeren Liegestuhl neben ihrem. »Darf ich?«

Seine selbstsichere Ausstrahlung und das hübsche Gesicht, das der liebe Gott ihm geschenkt hatte, veranlassten Ginger, den Blick länger auf ihm ruhen zu lassen. Auch sein Sinn für Stil gefiel ihr. Mit Anerkennung betrachtete sie den gut sitzenden Tweed-Anzug mit der perfekten Bügelfalte und die zweifarbigen Brogue-Schuhe. »Sehr gern.«

Statt es sich in dem freien Liegestuhl bequem zu machen und die Beine auszustrecken, blieb Chief Inspector Reed an der vorderen Kante aufrecht sitzen und stützte die Ellbogen auf die Knie.

»Sie sehen ernst aus«, stellte Ginger fest.

»Ja. Ich habe von Scotland Yard gehört. Ist Ihnen bekannt, dass Captain Walsh Ihrem Vater Geld geschuldet hat?«

Ginger blinzelte. »Nein, das war mir nicht bekannt. Wie viel?«

»Eine ganze Menge. Zehntausend amerikanische Dollar.«

»Was?« Ginger blieb der Mund offen stehen. »Davon hatte ich keine Ahnung.«

Reed musterte sie aufmerksam, bevor er fragte: »Sind Sie sicher?«

»Chief Inspector Reed, was wollen Sie damit andeuten?«

»Vielleicht hat sich der Kapitän geweigert, zu zahlen.«

Ginger lachte auf. »Und deshalb habe ich ihm eins über den Kopf gezogen, ihn in die Speisekammer geschleift und ins Gurkenfass gesteckt?«

»Vielleicht nicht allein. Sie hätten wohl Hilfe gebraucht. Von einem Freund oder einer Freundin?«

»Und wer soll das gewesen sein? Sie meinen Miss Higgins? Ich bitte Sie!«

Reed sah sich demonstrativ auf dem Deck um. Nur wenige der Liegestühle waren besetzt. »Wo ist denn die gute Krankenschwester?«

»Miss Higgins ist in der Kabine und hat die Nase in ein Buch gesteckt. Sie nimmt ihr Studium sehr ernst.«

»Als angehende Ärztin weiß Miss Higgins wahrscheinlich, wie man den Herzschlag eines Menschen stoppt.«

»Und ich bin sicher, ihr würde etwas Interessanteres einfallen als ein Schlag auf den Kopf – woran der Kapitän ja im Übrigen auch nicht gestorben ist.«

»Was im Moment nur die Aussage von Schwester Higgins belegt.«

Ginger stöhnte. *Männer!*

Wolken waren aufgezogen und trübten den Himmel, der gerade noch strahlend blau gewesen war. Der Wind frischte auf und fuhr in Gingers Rock, sodass ihre wohlgeformte Wade entblößt wurde. Schnell zog sie den Saum zurecht.

Reed räusperte sich und richtete den Blick wieder auf ihr Gesicht. »Mrs Gold, haben Sie einen Revolver mit an Bord gebracht?«

»Chief Inspector!«

»Für Amerikaner sind Waffen nicht mehr als ein modisches Accessoire, aber wir Engländer nehmen es damit genauer.«

»Ich wüsste nicht, inwiefern es eine Rolle spielt, ob ich einen Revolver habe oder nicht. Der Kapitän ist nicht an einer Schusswunde gestorben.«

»Bitte beantworten Sie die Frage.«

»Also, in Gottes Namen, ja. Ja, ich habe eine. Eine nette kleine Pistole.«

»Marke und Modell?«

Ginger verstummte und schluckte ihren Ärger herunter. Schließlich reckte sie das Kinn und sagte: »Eine Remington Derringer, Modell 95. Ein niedliches kleines Ding.« Daniel hatte sie ihr geschenkt, bevor er Boston verließ, um der britischen Armee beizutreten. »Wollen Sie sie mir wegnehmen?«

»Warum tragen Sie eine Waffe bei sich?«

»Ich bin eine Frau, die allein in ein fremdes Land reist.«

»England ist wohl kaum ein fremdes Land für Sie. Außerdem haben Sie eine Reisebegleitung.«

»Welche ebenfalls eine Frau ist. Wir sind beide verletzlich.«

Reed zog eine einzelne Augenbraue hoch, ließ es aber dabei bewenden. »Sie können sie vorerst behalten, sofern Sie mir versprechen, die Waffe gleich nach Ihrer Ankunft in London registrieren zu lassen.«

»Warum? Ich habe nicht vor zu bleiben.«

»Dann halten Sie sie verborgen, außer wenn es gar nicht anders geht. Falls Sie Ihre Pläne ändern, kommen Sie zu mir auf die Polizeistation. Ich werde ihre Situation prüfen und Ihnen gegebenenfalls eine Genehmigung ausstellen.«

Ginger konnte ihre Empörung kaum zurückhalten. Boss spürte die starke Erregung seines Frauchens und kroch unter dem Liegestuhl hervor.

»Oh!«, rief Reed erschrocken. »Ich dachte, Hunde sind an Deck nicht erlaubt.«

»Boss bevorzugt meine Gesellschaft, und er macht wirklich keinen Ärger, solange ich ihn vor den anderen Passagieren verborgen halte.«

Der Chief Inspector warf ihr einen Seitenblick zu. »Ich habe den Eindruck, dass es Ihnen nichts ausmacht, die Regeln zu ihren Gunsten zurechtzubiegen. Da frage ich mich, Mrs Gold, setzen Sie eigentlich immer Ihren Willen durch?«

»Nein.« *Jedenfalls nicht immer.*

»Aber oft?«

Es war ihr jetzt völlig gleichgültig, ob Chief Inspector Reed nun gut aussehend und charmant war oder nicht. »Worauf wollen Sie hinaus?«

Ein schiefes Lächeln erschien auf seinem Gesicht. »Normalerweise würde ich jetzt sagen, dass Sie die Stadt nicht verlassen dürfen. Aber da wir an Bord eines Schiffes sind, können Sie ja sowieso nirgendwo hin.«

Boss stieß ein leises Knurren aus, woraufhin Reed zurückwich. Hatte der gute Chief Inspector etwa Angst vor Hunden? Ginger unterdrückte ein Grinsen.

»Mrs Gold, ist ein heimlicher Ausflug mit Ihrem Haustier nicht ein etwas ehrgeiziges Unternehmen oder sagen wir, gar ein bisschen wagemutig?«

Sie zuckte mit den Schultern und blinzelte unschuldig. »Ich betrachte das als mein Lebensmotto: ehrgeizig und wagemutig. Ich möchte sogar, dass genau diese Worte einmal auf meinem Grabstein stehen.«

Reed blieb der Mund offen stehen, doch er schloss ihn gleich wieder und presste die Lippen fest aufeinander.

Boss gab abermals ein Knurren von sich.

»Boss scheint Sie nicht zu mögen, Chief Inspector Reed. Seltsam, wo er doch sonst so ein guter Menschenkenner ist«, sagte Ginger trocken.

13

»Dieser Mann bringt mich in Rage!« Ginger warf ihren Hut aufs Bett, während Boss sich seinen Platz auf dem Kissen zurückeroberte.

Haley blickte interessiert auf. »Welcher Mann?«

Mit übertriebener Geste zog Ginger ihre Handschuhe aus. »Dieser Chief Inspector Basil Reed.«

»Ah, die korrekte Amtsbezeichnung. Es muss sich um Liebe handeln.«

»Jetzt ist nicht der richtige Moment für Scherze, Haley. Er verdächtigt mich – beziehungsweise uns, um genau zu sein – des Mordes.«

Haley schaute sie fassungslos an. »Das ist doch lächerlich.«

Ginger nickte. »Ganz richtig! Anscheinend schuldete Captain Walsh meinem Vater Geld. Selbst wenn ich davon gewusst hätte – und ich wusste nichts darüber, du weißt ja, wie wortkarg mein Vater war, wenn es um Finanzen ging –, warum hätte ich ihn umbringen sollen? Dadurch wäre ich bestimmt nicht reicher geworden.«

»Nun …« Haley klopfte sich mit ihrem Bleistift gegen die Lippen. »So würde man die Sache betrachten, wenn man voraussetzt, dass dein Handeln von Vernunft geprägt ist statt von Leidenschaft und Rachsucht.«

»Ich bin nicht rachsüchtig! Schließlich gibt es den Chief Inspector immer noch an einem Stück.«

»Vorerst.«

Ginger beruhigte sich so weit, dass sie sich aufs Bett setzte und die doppelten Schnallen ihrer Wildlederschuhe öffnete. »Ich mag leidenschaftlich sein, aber ich bin nicht rachsüchtig.«

»Aber ich vielleicht«, entgegnete Haley mit einem Grinsen. »Möglicherweise wusste ich von der Ungerechtigkeit und habe den Captain bei dem missglückten Versuch, posthum die Ehre deines Vaters zu retten, aus Versehen getötet.«

»Haley Higgins! Mit so etwas macht man keine Scherze!«

Haley gluckste. »Ich hätte ihn nicht ohne Hilfe in

die Speisekammer verfrachten können, und du bist die einzige Freundin, die ich habe.«

Bei diesem Eingeständnis wurde Ginger warm ums Herz. Unter normalen Umständen hätten die beiden keine Freundschaft geschlossen, da sie in gänzlich anderen Kreisen verkehrten. Ginger gehörte der Oberschicht an, Haley der Mittelschicht. Wären da nicht ihr kranker Vater und die gemeinsamen Kriegserlebnisse gewesen – ein Albtraum, der gesellschaftliche Klassen aufhob und alle Menschen gleichstellte –, hätten sie sich niemals kennengelernt.

»Sosehr mich der Verdacht des Chief Inspectors auch ärgert, er geht wohl einfach seiner Arbeit nach«, räumte Ginger ein. »Das kann ich ihm kaum übelnehmen.«

»Die Stimme der Vernunft ist zurückgekehrt.«

Ginger wedelte in der Luft herum. »Wir müssen in die Kabine des Captains!«

»Und schon hat sie sich wieder verabschiedet.«

»Ich meine es ernst, Haley, das wirst du doch einsehen. Wir müssen unsere Namen reinwaschen.«

»Und inwiefern hilft es uns dabei, in die Kabine eines Toten einzudringen?«

»Das wissen wir erst, wenn wir dort waren, nicht wahr?«

Sie nahmen Boss unauffällig in ihre Mitte und machten sich auf den Weg zu den Kabinen von Mr und Mrs Walsh.

Haley warf einen Blick auf den Hund. »Hältst du es wirklich für eine gute Idee, Boss mitzunehmen?«

»Boss ist sehr klug. Er könnte etwas herausfinden, was wir sonst vielleicht übersehen würden.«

»Oder er bellt und verrät uns.«

»Er bellt nicht, wenn ich es ihm untersage.«

»Der klügste Hund auf dem Planeten.«

»Du sagst es, und Boss und ich haben es beide gehört.« Der Terrier wedelte wie zur Antwort mit dem Schwanz.

Sie blieben vor der Tür von Mrs Walshs Kabine stehen. Ginger klopfte.

»Mrs Walsh?«

Es war durchaus möglich, dass sich Mrs Walsh in ihrer Kabine aufhielt, aber selbst als frisch Verwitwete würde man nicht von ihr erwarten, dass sie sich für den Rest der Reise dort einschloss. Ginger klopfte und rief erneut, doch drinnen blieb es still. Haley versuchte, den Türknauf zu drehen. »Es ist abgesperrt.«

Ginger zog eine Haarnadel aus ihrem Hut und

schob sie ins Schlüsselloch. Kurz darauf gab das Schloss nach.

»Mrs Gold, Sie verblüffen mich immer wieder.«

»Der Krieg«, sagte Ginger als Erklärung. Während ihres Einsatzes in Frankreich hatte sie viele unorthodoxe Methoden erlernt. »Komm, Boss.«

Das Zimmer sah noch genauso aus wie am Morgen. Ginger nutzte die Gelegenheit, um einen Blick in die Schubladen zu werfen. Schlichte viktorianische Wäsche – Pumphosen, Strümpfe, Korsetts. Kein Gesichtspuder oder Schmuck, nur ein paar Hutnadeln. Mrs Walsh war eine nüchterne Frau.

Haley lugte unterdessen in den Kleiderschrank.

»Und?«, fragte Ginger.

»Nichts Ungewöhnliches«, antwortete Haley. »Hochwertige Kleider in dunklem Blau, Grau und in Schwarztönen.« Sie warf Ginger einen Blick zu. »Eine gut sortierte Garderobe für eine Witwe, falls sie sich auf so etwas vorbereitet hat. Und eine Auswahl an schwarzen Schnürstiefeln. Mrs Walsh hat vielleicht nicht deinen Sinn für Mode, aber sie hat einen guten Schneider.«

»Meinst du, ihre Garderobe deutet auf Vorsatz hin?«

»Das oder ihr Sinn für Stil ist noch schlechter als meiner.«

Hinten in der Strumpfschublade entdeckte Ginger einen silberglänzenden viereckigen Gegenstand.

»Na, sieh mal an.« Mit behandschuhten Händen hielt sie einen Manschettenknopf in die Höhe, in dem eine Fleur-de-lis eingraviert war.

»Die verschollenen Manschettenknöpfe des Captains?«, fragte Haley.

Ginger tastete den Boden und die Kanten der Schublade ab. »Manschettenknopf, Singular. Hier ist nur der eine.«

»Es ist aber auch nicht ungewöhnlich, dass eine Ehefrau die Sachen ihres Mannes bei sich hat«, gab Haley zu bedenken.

Wie Ginger gehofft hatte, war die Tür zwischen den beiden Zimmern nicht abgesperrt. Dennoch war sie überrascht. Schließlich hatte Miss Guilford zugegeben, häufig zu Besuch gewesen zu sein. Sicherlich hätte der Kapitän seiner Frau zumindest so viel Respekt entgegengebracht, dass er die Tür abschloss?

Vielleicht hatte er sie aber auch zugesperrt, und seine Frau hatte sie aufgeschlossen, um die Kabine zu betreten.

Der Raum glich dem von Elise Walsh, nur war alles spiegelverkehrt. Eine schnelle Durchsuchung der Schubladen und des Kleiderschranks brachte eine männliche Version ähnlicher Art von Habseligkeiten zutage.

»Wir sind sicher nicht die Ersten, die hier herumstöbern«, meinte Haley.

Ginger stimmte zu. »Der gute Chief Inspector muss sich seinen Ruf verdienen. Bestimmt war dies der erste Ort, den er in Augenschein genommen hat.«

Ginger fand ein edles Kästchen aus Mahagoniholz, in dem sich eine Sammlung schöner Manschettenknöpfe befand. »Hier sind keine Einzelstücke drin«, stellte sie fest.

Boss schnüffelte hinter einem Stuhl neben dem Fenster am Teppich und winselte.

»Was ist denn, Bossy?« Ginger folgte ihm zu einem kaum sichtbaren dunklen Fleck, der das Muster des roten Teppichs verunzierte.

»Sieht aus, als wäre hier etwas Schlimmes passiert«, stellte Ginger fest.

Haley eilte herbei und ging in die Hocke, um einen genaueren Blick auf den Fleck zu werfen. »Blut.«

Ginger zeigte auf die Anrichte. »Einer der Kerzenständer fehlt.«

»Ich dachte, die sind dort befestigt?«

Ginger untersuchte die Stelle genauer. »Anscheinend ist es möglich, sie zu abzunehmen. Wahrscheinlich, damit das Zimmermädchen sie reinigen kann.«

Haley richtete sich auf und strich ihren Hosenanzug glatt. »Ich würde wetten, dass der fehlende Kerzenständer die Mordwaffe ist.«

»Dann ist das also der Tatort«, überlegte Ginger. »Aber wie hat der Mörder die Leiche in die kalte Speisekammer drei Decks tiefer gebracht? Selbst ein starker Mann würde, wenn er den Toten wie einen Sack Kartoffeln auf dem Rücken schleppt, ganz schön außer Atem kommen.«

»Ein Wäschewagen vielleicht oder ein Servierwagen?«

»Ah, guter Gedanke, Haley. Der Kapitän hat sich wahrscheinlich etwas heraufbringen lassen, da er ja Gesellschaft hatte.«

»Wir müssen in Betracht ziehen, dass wir es möglicherweise mit mehr als einem Mörder zu tun haben«, sagte Haley. »Zwei, die auf ein gemeinsames Ziel hingearbeitet haben.«

»Oder vielleicht auch kein *gemeinsames* Ziel«, erwiderte Ginger. »Vielleicht gibt es zwei Motive, und die Mörder haben sich zusammengetan, als sie herausfanden, dass sie beide den Tod des Captains aus unterschiedlichen Gründen wollten.«

»Interessante Theorie. Nehmen wir an, du hast recht. Wer wäre dann unser Täterduo?«

»Nancy Guilford und MacIntosh? Elise Walsh und Babineaux?«

Plötzlich drangen Stimmen aus Mrs Walshs Zimmer herüber. Ginger starrte Boss an und hielt sich einen Finger an die Lippen. Sie würde ihm später in der Kabine eine besondere Belohnung geben.

Die Verbindungstür stand einen Spalt offen, sodass Ginger und Haley nun sehen konnten, dass Mrs Walsh und Babineaux gekommen waren.

»Ich habe ihn vielleicht verachtet«, war Elise zu hören, »aber das heißt nicht, dass ich seinen Tod wollte.«

»*Le monde verra cela comme tragique, mais pour nous, chère Elise, cela signifie la liberté.*«

Ginger sah Haley mit einer hochgezogenen Augenbraue an und übersetzte flüsternd: »Die Welt mag es als tragisches Ereignis ansehen, aber für uns, liebe Elise, bedeutet es Freiheit.«

14

Ginger und Haley schlichen sich durch die Haupttür aus der Kapitänskabine auf den Gang hinaus.

Mit leiser Stimme fragte Haley: »War das gerade ein Schuldgeständnis?«

»Man könnte es sicherlich so interpretieren«, meinte Ginger. »Aber er hat nicht direkt gesagt, dass er es getan hat.«

»Dein Verdacht bezüglich Babineaux und Mrs Walsh war goldrichtig«, sagte Haley. »Seine Zuneigung zu ihr könnte ein Motiv sein.«

Ginger nickte.

»Und jetzt?«

»Ich bin mir nicht sicher. Ich werde mit Boss einen kleinen Spaziergang machen und darüber nachdenken.«

»Dann sehen wir uns später in der Kabine wieder.« Haley ging in die andere Richtung zur Backbordseite, und Ginger setzte ihren Weg fort.

Draußen an Deck saßen viele Passagiere und genossen die Sonne. Mr und Mrs Fairchild winkten, als sie Ginger entdeckten. Sie winkte zurück, beschleunigte aber ihr Tempo und deutete auf den Hund, um zu zeigen, dass sie es eilig habe, ihn runterzubringen. Eine kleine Ausrede, durch die sie vermeiden wollte, in ein längeres Gespräch verwickelt zu werden.

Nachdem einige Leute beim Anblick des Hundes sie mit einem missbilligenden Blick bedachten oder ungehalten vor sich hinmurmelten, nahm Ginger ihn auf den Arm, sodass der Crêpe de Chine ihrer Glockenärmel ihn verdeckte. Als ein Windstoß die Krempe ihres Hutes erfasste, hätte sie ihn um ein Haar verloren. Mit der freien Hand hielt sie ihn auf dem Kopf fest.

Während sie überlegte, was sie als Nächstes tun sollte, meinte das Schicksal es gut mit ihr und ließ Patty Applebalm auftauchen, die sich mit ihrer weiß behandschuhten Hand ebenfalls die Kopfbedeckung festhielt.

Ginger machte auf dem Absatz kehrt und folgte ihr.

»Miss Applebalm!«

Die Frau warf einen erschrockenen Blick über die Schulter.

»Hallo!«, sagte Ginger mit freundlichem Lächeln.

»Ich glaube, wir sind einander noch nicht vorgestellt worden. Ich bin Mrs Gold.«

Patty Applebalm zögerte, bevor sie antwortete. »Guten Tag. Wie geht es Ihnen?«

»Ausgezeichnet, danke. Und Ihnen?«

»Sehr gut.«

Ginger ging neben der Frau her, deren pfirsichfarbenes Tageskleid nicht sonderlich gut zu ihrem Teint passte. Verwunderlich, dass Miss Guilford sie nicht darauf hingewiesen hatte. Doch vielleicht hatte Miss Applebalm den modischen Rat der Schauspielerin einfach ignoriert. Jemand, der für Nancy Guilford arbeitete, musste schließlich ein bisschen Mumm haben, auch wenn die Assistentin so mausgrau und unauffällig wirkte.

»Arbeiten Sie schon lange für Miss Guilford?«, erkundigte sich Ginger. »Es muss eine aufregende Tätigkeit sein, wenn man einer so berühmten Schauspielerin assistiert, oder?«

Patty Applebalm musterte Ginger, als wäre sie sich nicht ganz sicher, mit welchem Intelligenzgrad sie es bei ihrem Gegenüber zu tun hatte. »Ich kenne Miss Guilford schon ihr ganzes Leben lang.«

Ginger entging es nicht, dass Patty auf keine der beiden Fragen antwortete.

»Sind Sie eigentlich Ihre Tante?«

Patty schaute sie scharf an. »Warum fragen Sie das?«

»Nun, Sie sagten gerade, Sie kennen sie schon ein ganzes Leben lang, und ich meine eine gewisse Ähnlichkeit zu erkennen.« Es war eine sehr geringe Ähnlichkeit, beziehungsweise so gut wie gar keine, aber Ginger hoffte, ihre Übertreibung würde die Frau zum Reden anregen. Was tatsächlich klappte.

»Es ist nicht allgemein bekannt, aber Nancy ist das Kind meiner Zwillingsschwester. Leider weilt meine Schwester nicht mehr unter uns.«

»Das tut mir leid. Welch Glück, dass Miss Guilford wenigstens noch Sie an ihrer Seite hat.«

»Ich liebe sie wie mein eigenes Kind. Es war sehr gütig von Nancy, mich einzustellen. Es gäbe ja Hunderte junger Mädchen, die meine Stellung nur allzu gern übernehmen würden, noch dazu qualifiziertere.«

»Eine für beide Seiten vorteilhafte Vereinbarung also.«

»Nun, ja.«

Boss begann auf Gingers Arm zu zappeln, und Patty Applebalm griff sich ans Herz. »Ach, du gute Güte! Ich habe Ihren Hund gar nicht bemerkt.«

»Oh, bitte sehen Sie es ihm nach. Er wollte Sie nicht erschrecken. Er ist eigentlich ein echter Gentleman.«

»Er ist … ein komisches kleines Ding.«

Ginger blinzelte, behielt aber ihr Lächeln bei und ignorierte die Beleidigung ihres geliebten Haustiers. »Er ist ein Boston-Terrier, eine Mischung aus Terrier und Boxer. Die Rasse ist in Amerika der letzte Schrei.«

Patty schnaubte missbilligend.

»Sie sind wohl keine Hundeliebhaberin, nehme ich an?«

»Ich bevorzuge Katzen«, gab Patty zu. »Ich musste Peanut und Butter zu Hause lassen. Katzen kann man nicht so leicht auf eine Reise mitnehmen.«

»Sie werden sie sicherlich vermissen.«

Als Ginger den Blick über die Reling schweifen ließ, entdeckte sie, dass die Wellen deutlich größer geworden waren. Ihr Magen schien sich leicht zu senken, als das Schiff sich neigte. Bei der Vorstellung, auf dem Meer hin- und hergeworfen zu werden, graute es ihr. Einmal im Leben war mehr als genug gewesen.

»Nun muss ich mich aber wirklich beeilen«, sagte Patty Applebalm. »Miss Guilford erwartet mich.«

»Natürlich. Bitte richten Sie ihr meine Grüße aus.«

Miss Applebalm ging ihres Wegs, und Ginger blieb allein zurück. In diesem Moment hörte sie ein Zischen.

»*Psst!*«

Ginger blieb stehen und drehte sich in die Richtung, aus der das Geräusch kam.

»*Psst,* Miss.«

Sie sah sich auf dem Deck nach dem jungen Scout um. Der Junge würde ziemlich in der Patsche sitzen, wenn man ihn in der ersten Klasse erwischte. Aber er stellte sich geschickt an, das musste sie schon sagen, denn sie hörte ihn zwar, konnte ihn aber nirgends sehen. Er war tatsächlich so unsichtbar, wie er behauptet hatte.

Boss hätte ihn mit seiner feinen Nase sicher gleich gefunden, aber sie wollte keine Aufmerksamkeit erregen.

»Wir treffen uns beim Maschinenraum«, sagte sie laut zu scheinbar niemandem und erntete seltsame Blicke von einem grauhaarigen Paar, das gerade an ihr vorbeispazierte.

Langsam und mit möglichst unbeteiligter Miene machte sie sich auf den Weg, doch innerlich platzte sie beinahe vor Neugierde. Der junge Scout musste ihr etwas Wichtiges zu sagen haben, wenn er ein so großes Risiko einging.

Sie fand ihn auf einer Bank gegenüber von weiß angestrichenen Rettungsbooten aus Holz. Er war so klein – kleiner, als es für einen Jungen in seinem Alter normal gewesen wäre –, dass seine nackten Füße in der Luft baumelten. Ginger wurde das Herz eng. Selbst ihr Hund hatte ein besseres Leben als dieser kleine Junge. Ihr unerfülltes Mutterherz sehnte sich danach, ihn hochzuheben und mit nach Hause zu nehmen. Ihm ein warmes Bad einzulassen, ihm eine heiße Suppe zu servieren, ihm einen Haarschnitt zu verpassen und eine Zahnbürste zu geben, einen Teddybären. Ihn in den Arm zu nehmen. Aber sie wusste auch, dass es in London Hunderte von Kindern wie Scout gab, und ebenso viele in Boston. Wenigstens konnte sie diesem einen helfen, indem sie ihm kleine Jobs gab.

»Scout«, sagte sie, als sie näher kam.

Er streckte sich, um Boss zu streicheln. »Hallo, Kumpel.« Dann zu Ginger: »Hallo, Miss.«

»Sag ruhig Mrs Gold zu mir, wir sind doch jetzt Freunde, nicht wahr?«

»Ja, Miss – ich meine, Missus!«

Ginger lächelte. Scouts Begeisterung war ansteckend. »Was gibt es, junger Mann?«

Sie erwartete, dass er den fehlenden Manschettenknopf zum Vorschein bringen würde, wofür sie ihn mit einem großzügigen Trinkgeld belohnen würde.

Doch Scout stand auf und zuckte vor verhaltener Erregung. »Ich soll Ihnen doch sagen, wenn ich verdächtige Sach'n seh, richtig?«

»Ja.«

»Jo, ich hab ganz verdächtige Sach'n gesehen.«

»Was denn?«

»Ich hab gesehen, wie eine Frau was über die Reling geworfen hat.«

»Hast du auch gesehen, was es war?«

Scout runzelte die Stirn. »Nein, aber es war ungefähr so lang.« Er streckte seine kleinen Hände aus und zeigte in etwa die Größe eines Brotlaibes an. »Und es war schwer. Sie hat es rübergeworfen und … und es hat ganz schön geplatscht.«

»Wo war das?«

»Gleich da drüben, Missus. Hinter dem Maschinenraum.«

»Hast du die Frau erkannt?«

»Nee. Sie hat mit dem Rücken zu mir gestanden und 'nen großen Hut auf'm Kopf gehabt und die Sonne hat mich geblendet.« Er streckte die schmutzige Hand aus, in der er ein handtellergroßes quadratisches Blatt Papier hielt. »Das hier hat sie fallenlassen.«

Es war das Foto eines Kleinkindes, das eine Hose anhatte und ein einfaches weißes Hemdchen. Ginger drehte das Bild um. Auf der Rückseite stand der Name des Kindes. Joseph Junior.

15

Aus dem Augenwinkel bemerkte Ginger, wie Chief Inspector Reed die Treppe zur ersten Klasse hinaufstieg.

»Scout, würdest du dich bitte eine Weile um Boss kümmern? Ich hole ihn später aus dem Zwinger ab.«

»Na klar, Missus.«

Ginger übergab ihm Boss' Leine, versicherte dem Hund, dass sie ihn bald abholen würde, und eilte zur ersten Klasse hoch. Sie entdeckte den Inspector nicht sofort und befürchtete schon, ihn verloren zu haben, doch schließlich entdeckte sie ihn auf der Metalltreppe, die zur Brücke hinaufführte. Sein Jackett flatterte im Wind, und er hielt seinen Hut auf dem Kopf fest.

Mit der Hand auf ihrem eigenen Hut folgte Ginger ihm, achtete aber darauf, Abstand zu halten, falls er einen Blick über die Schulter werfen sollte. Von hier aus konnte sie sehen, wie sich die Passagiere auf den Decks der ersten und zweiten Klasse tummelten. Die untergehende Sonne leuchtete im Westen, während sich in östlicher Richtung dunkle Wolken auftürmten. Auf dem Meer, das bis vor Kurzem noch ruhig gewesen war, formten sich nun kabbelige Wellen. Die Luft roch metallisch und kündigte einen Wetterumschwung an. Ginger hoffte nur, dass sie Liverpool erreichen würden, bevor das Unwetter sie erreichte.

Als Reed bereits die Hand erhoben hatte, um an der Tür zur Kommandobrücke zu klopfen, rief Ginger: »Chief Inspector!«

Überrascht drehte er sich zu ihr um. »Mrs Gold? Kann ich Ihnen helfen?«

Ginger schenkte ihm ein strahlendes Lächeln. »Ich nehme an, Sie wollen den Ersten Offizier verhören. Gestatten Sie mir, Sie zu begleiten?«

Zwischen seinen blaugrünen Augen bildete sich eine tiefe Furche. »Mit Sicherheit ist Ihnen bekannt, dass normale Bürger üblicherweise nicht zur Teilnahme an laufenden Mordermittlungen eingeladen werden.« Seine Stirnfalten vertieften sich. »Vor allem nicht diejenigen, die selbst als Verdächtige gelten.«

Ginger ignorierte den letzten Teil seiner Aussage. »Nun ja, bestimmt ist es in einer Stadt wie London nicht gerade üblich. Aber da Sie allein an Bord ermitteln und ja auch nur noch ein Tag bleibt, bis wir Liverpool erreichen, nahm ich an, dass Sie sich über ein wenig Unterstützung freuen würden.«

Der Chief Inspector verschränkte die Arme, das frische Leinen seines Anzugs knitterte an den Ellenbogen. »Und inwiefern könnten Sie mich wohl unterstützen?«

»Ich hätte ein paar Informationen, die Sie vielleicht interessant finden.«

Reed zog eine Augenbraue hoch. »Erzählen Sie mir mehr.«

»Wenn ich Ihnen sage, was ich weiß, wäre es nur fair, wenn Sie mir erlauben, Sie zu begleiten.« Sie hielt eine Handfläche hoch. »Und bevor Sie etwas sagen, bedenken Sie bitte, dass eine weibliche Begleitung den Mann beruhigen wird. So wird er nicht vermuten, dass Sie ihn als potenziellen Mordverdächtigen befragen, und ist wahrscheinlich auskunftsfreudiger.«

»Sie sind ein harter Brocken«, stöhnte Reed und gab nach. »Nun gut, Sie dürfen sich mir anschließen, solange Sie mir versprechen, das Reden allein mir zu überlassen.«

Ginger mimte das Drehen eines Schlüssels vor ihrem Mund.

»Also, was ist das für eine Neuigkeit, die Sie haben?«, wollte der Chief Inspector wissen.

»Miss Higgins und ich sind mit Boss spazieren gegangen und wurden zufällig Zeuge, wie Officer MacIntosh die Privatkabine von Miss Guilford verließ.« Sie blickte ihn bedeutungsvoll an. »Allein.«

»Ich verstehe.«

»Tatsächlich ereignete sich der Vorfall, kurz bevor Sie kamen, um sie zu befragen.«

»Sie scheinen viel Zeit auf der Steuerbordseite des Schiffes zu verbringen. Soweit ich weiß, befindet sich Ihre eigene Kabine auf der anderen Seite.«

Mit einem Wimpernschlag entgegnete Ginger: »Wie kommt es, Chief Inspector, dass Sie so genau wissen, wo sich meine Kabine befindet?«

»Als der ermittelnde Beamte in diesem Fall ist es meine Pflicht zu wissen, wo jeder Passagier untergebracht ist und wo er sich aufhält.«

Diese pauschale Erklärung enttäuschte Ginger. Sie stand gerne im Mittelpunkt der Aufmerksamkeit, und es hätte ihr gefallen, wenn sich der Chief Inspector gezielt über ihre Kabine informiert hätte.

»Na gut«, sagte sie. »Sollen wir hineingehen?«

Reed klopfte an der Tür, und ein Matrose meldete dem Ersten Offizier, der jetzt die Kapitänsrolle eingenommen hatte, ihre Ankunft.

MacIntosh schien nicht überrascht zu sein, den Chief Inspector zu sehen, doch als er Ginger erblickte, zog er eine Augenbraue hoch.

»Was verschafft mir diese Ehre?«

»Wenn Sie gestatten«, sagte Reed, »habe ich ein paar Fragen an Sie.«

MacIntosh musterte Ginger mit Wohlgefallen. Da sie wusste, dass er gerne flirtete, zwinkerte sie ihm zu, damit er glaubte, sie habe Interesse an ihm, falls Miss Guilford nicht mehr zur Verfügung stünde. Daraufhin setzte sich MacIntosh lässig auf den Kapitänssitz, genau wie Ginger es gehofft hatte.

»Officer MacIntosh«, begann Reed. »Wie hat sich das Ableben von Captain Walsh auf Sie und das Geschehen hier auf der Brücke ausgewirkt?«

»Wir sind natürlich alle traurig und tief bestürzt über seinen Tod«, antwortete MacIntosh feierlich. »Aber als ranghöchster Offizier ist es nun meine Pflicht und Schuldigkeit, dafür zu sorgen, dass die Passagiere der SS *Rosa* sicher nach Liverpool gelangen.«

Reed kritzelte in ein kleines Notizbuch. »Wenn ich das richtig verstanden habe, sind Sie als stellvertretender Kommandant jetzt der Kapitän dieses Schiffes.«

»Das ist richtig.«

Der Chief Inspector schaute MacIntosh in die Augen. »Werden Sie es auch dauerhaft bleiben?«

MacIntosh hielt seinem Blick stand. »Die endgültige Entscheidung obliegt nicht mir, aber es ist üblich, dass der Erste Offizier den Kapitän ersetzt, wenn dieser plötzlich verhindert ist, solange es keinen ranghöheren Offizier gibt, der diesen Posten anstrebt.«

»Gibt es denn noch jemanden, von dem Sie wissen, dass er diesen Posten haben möchte?«

MacIntosh wurde steif. »Nicht, dass ich wüsste, Sir.«

»Sind Sie und der Captain gut miteinander ausgekommen?«

»Wenn Sie meinen, ob wir in unserer Freizeit zusammen Bier getrunken haben, nein, aber an Bord haben wir korrekt zusammengearbeitet.«

»Worüber haben Sie und der Captain sich auf dem Brückendeck gestritten?«, mischte sich Ginger ins Gespräch und erntete einen finsteren Blick des Chief Inspectors.

»Ich weiß nicht, was Sie meinen.«

»Sie wissen doch, dass ich Sie gesehen habe?«

»Ach so, das? Das war nur eine kleine Meinungsverschiedenheit.«

»Worüber denn?«, fragte Chief Inspector Reed nach.

MacIntosh stieß den Atem aus. »Walsh hat mir Geld geschuldet und sich geweigert, es zurückzuzahlen.

Er hat es nicht gut aufgenommen, als ich ihm gedroht habe, damit an die Öffentlichkeit zu gehen.«

Das passte zu Elise Walshs Erpressergeschichte, dachte Ginger. Der Kapitän hatte finanzielle Schwierigkeiten gehabt.

»In welcher Beziehung stehen Sie zu Miss Nancy Guilford?«, fragte sie.

Wieder bedachte Chief Inspector Reed sie mit einem warnenden Blick, nickte aber MacIntosh zu. »Beantworten Sie die Frage.«

»Es gibt keinerlei Beziehung zwischen mir und Miss Guilford. Sie ist ein Fahrgast der SS *Rosa,* und ich, als ranghohes Besatzungsmitglied des Schiffes, bemühe mich, Zeit mit allen Passagieren zu verbringen. Wir wollen glückliche und zufriedene Gäste.«

»Miss Guilford sah tatsächlich sehr *glücklich und zufrieden* aus«, sagte Ginger. »Huch.« Sie schlug die Hand vor den Mund und begegnete Reeds Unmut mit einem gespielt entschuldigenden Blick.

MacIntosh erhob sich und zog seinen weißen Blazer glatt. »Was genau wollen Sie damit sagen, Mrs Gold?«

Chief Inspector Reed nahm Gingers Arm, bevor sie antworten konnte, und geleitete sie zur Tür. »Vielen Dank für Ihre Zeit, Officer MacIntosh«, sagte er steif. »Ich melde mich bei Ihnen, wenn ich weitere Fragen habe.«

Zurück an Deck durchbohrte Reed Ginger mit wütendem Blick. »Ich dachte, Sie wollten mir das Reden überlassen.«

»Haben Sie sein Gesicht gesehen?«, entgegnete Ginger. »Meine Frage hat ihn verunsichert. Er weiß, dass er bei einer Lüge ertappt wurde, und hat versucht, es zu überspielen.«

Chief Inspector Reed brummte missbilligend, doch sein Verdruss über ihre Einmischung ebbte ab. »Er wirkte tatsächlich ziemlich erschüttert über Ihre Frage, oder besser gesagt, über Ihre ungeheuerliche Anschuldigung.«

»Vielleicht haben die Schauspielerin und MacIntosh zusammengearbeitet«, sagte Ginger.

»Wie kommen Sie darauf?«

»Nun, MacIntosh und Captain Walsh hatten wegen irgendetwas Streit. Vielleicht ging es nicht um Geld, sondern um Macht? Vielleicht war MacIntosh es leid, die zweite Geige zu spielen, und wollte nicht warten, bis der Captain in den Ruhestand geht.«

»Eine interessante Theorie.«

»Oder vielleicht hat das Motiv mit ... der verführerischen Komplexität der Frauen zu tun.«

»Glauben Sie, dass MacIntosh und Miss Guilford, nun ja, miteinander zu tun hatten?«

Ginger wölbte eine Braue. »Miss Guilford ist von fesselnder Schönheit, nicht wahr?«

Der Chief Inspector schluckte. »Das habe ich nicht bemerkt. Aber angenommen, sie haben gemeinsame Sache gemacht, was würden Sie sagen, wäre Miss Guilfords Motiv gewesen?«

»Sie war es leid, den Kapitän mit seiner Frau zu teilen. Der klassische Konflikt zwischen Mätresse und Ehefrau. Der Mann verspricht der Freundin, seine Gattin zu verlassen, aber Jahr für Jahr vergeht, und er tut es doch nicht.«

»Warum dann nicht einfach die Liaison mit dem Captain beenden? Ihn zu töten, scheint mir etwas extrem.«

Ginger stützte eine Hand in die Taille. »Haben Sie noch nie gehört, wozu verschmähte Frauen fähig sind?«

Reed runzelte die Stirn. »Ich gebe gerne zu, dass mir die Komplexität der weiblichen Bevölkerung große Rätsel aufgibt.«

16

Ginger konnte es sich nicht verkneifen, immer wieder zum Chief Inspector hinüberzuschielen, der allein auf der anderen Seite des Frühstücksraumes saß.

»Gib's doch zu«, raunte Haley ihr grinsend zu. »Du findest ihn faszinierend.«

»Nichts dergleichen gebe ich zu!« Ginger nippte an ihrem Kaffee. »Ich habe nicht zu ihm geschaut, sondern zu meinem neuen Freund Roy Hardy.«

Haley warf einen Blick über die Schulter, und tatsächlich bediente der rothaarige Kellner gerade in dem Bereich, in dem Reed Zeitung las.

Ginger sah ihre Freundin trotzig an. »Ich habe ihm versprochen, ihm bei seiner Herzensangelegenheit zu helfen, aber dieser Mordfall hat mich abgelenkt, und bis jetzt ist mir noch kein guter Einfall gekommen.«

Haley streckte ihre beiden Handflächen aus und hob und senkte sie abwechselnd wie Waagschalen. »Morde, Liebesaffären. Beides geht dich nichts an, möchte ich meinen.«

»Pfft.« Obwohl Ginger es sich untersagt hatte, blickte sie ein weiteres Mal zum Chief Inspector hinüber. Zufällig schaute er genau in diesem Moment auf, und für den Bruchteil einer Sekunde trafen sich ihre Blicke, bevor Ginger sich schnell wieder abwandte. Sie war entsetzt. Jetzt hatte sie sich tatsächlich beim Starren ertappen lassen. Was war nur los mit ihr? Ihre Fähigkeiten hatten seit dem Krieg drastisch nachgelassen. Wahrscheinlich war das nach fünf Jahren Müßiggang einfach zu erwarten.

»Was glaubst du, was es mit diesem Kinderfoto auf sich hat?«, fragte Haley. Wenigstens konnte *sie* sich auf den Fall konzentrieren.

»Wir können nicht sicher sein, dass es wirklich der Frau gehört, die Scout dabei beobachtet hat, wie sie den schweren Gegenstand über Bord warf«, sagte Ginger seufzend. »Es könnte reiner Zufall sein, dass der Name des Kindes mit dem des Kapitäns übereinstimmt.«

»Ja, Joseph ist ein geläufiger Name.« Haley nahm ihre fast leere Kaffeetasse und trank den letzten

Schluck. »Und soweit wir wissen, hat keiner unserer Verdächtigen ein Kind.«

»Vielleicht ist es das Foto eines Neffen.«

»Oder jemand anders hat es dort verloren. Dein kleiner Freund könnte sich geirrt haben und es stammt gar nicht von der geheimnisvollen Frau.«

»Ganz genau. Es könnte uns auch in die Irre führen statt uns als Hinweis zu dienen.«

Haley erhob sich. »Ich lasse dich jetzt mit deiner Einmischung in polizeiliche Angelegenheiten allein, Mrs Gold. Gib Bescheid, falls du auf etwas Interessantes stößt. Und bitte sieh davon ab, dich umbringen zu lassen.«

»Ich gebe mein Bestes.«

Ginger rückte ihre Cloche, einen glockenförmigen Hut aus Filz ganz ohne Rand, zurecht und zog ihre Handschuhe an. Sie war noch nicht bereit zu gehen und winkte deshalb Roy Hardy zu sich.

»Noch etwas Kaffee, bitte.«

»Ja, Madam.«

Der Kellner kam bald zurück und füllte Gingers Tasse auf. Sie nutzte die Gelegenheit und flüsterte ihm verschwörerisch zu: »Ich habe einen Jungen aus dem Zwischendeck angeheuert, der meinen Hund Boss spazieren führt. Er wird Miss Chloe um halb elf vor meiner Kabinentür treffen. Der Junge besitzt eine

Taschenuhr und ist immer pünktlich. Gehen Sie um diese Uhrzeit zur Kabine 45 unter dem Vorwand, eine Flasche Wein, die ich bestellt habe, zu bringen. Da ich allerdings nicht da sein werde, geben Sie die Flasche Miss Chloe, damit sie sie in meine Kabine stellt.«

Roy Hardy lächelte. »Jawohl, Madam.«

»Und es gibt noch etwas, das Sie unbedingt tun müssen, wenn Sie dort ankommen.«

Die Miene des Kellners wurde ernst. »Alles, was Sie sagen.«

»Sie müssen sich Miss Chloe vorstellen.«

Sein Gesicht wurde erst blass, dann rot. »Madam, ich …«

»Das ist meine Bedingung. Sie haben bereits miteinander geredet. Sagen Sie einfach Folgendes: ›Wir wurden uns noch nicht offiziell vorgestellt. Ich bin Roy Hardy.‹ Schaffen Sie das?«

Der Kellner straffte entschlossen die Schultern. »Jawohl, Madam.«

»Gut. Bringen Sie einen schönen französischen Cabernet Sauvignon, ja?«

Ginger richtete ihre Aufmerksamkeit wieder auf den Chief Inspector, und diesmal wandte sie den Blick nicht ab, als er aufschaute. Er faltete seine Zeitung zusammen, klemmte sie unter den Arm, setzte sich seine Melone auf und kam zu ihr.

»Guten Morgen, Mrs Gold«, sagte er, als er sie erreicht hatte.

Sie lächelte ihn an. »Guten Morgen, Chief Inspector.«

Indem er auf den frei gewordenen Platz von Haley zeigte, fragte er: »Darf ich?«

»Natürlich.«

»Gut geschlafen?«, fragte er höflich.

»Ja, bestens, danke. Und Sie?«

»Wie ein Stein. Ich glaube, das liegt an der frischen Seeluft.«

»Hält der Fall Sie nicht wach? Ich muss gestehen, dass es mir schwerfällt, meine Gedanken abzuschalten.«

»Ganz und gar nicht. Vielmehr ist eine erholsame Nachtruhe oft der Schlüssel zum Erfolg, wenn man einen Fall aufklärt. Es ist erstaunlich, welche Rätsel sich am nächsten Morgen bei einer guten Tasse Kaffee lösen lassen.«

Ginger hob ihre Tasse. »Und der Kaffee hier ist ziemlich gut.«

»Da haben Sie recht.«

Sie legte den Kopf schief. »Und, haben Sie den Fall schon geknackt?«

»Da Sie so unermüdlich bei der Sache sind, sollte ich Ihnen vielleicht dieselbe Frage stellen?«

»Ich habe über Miss Guilford nachgedacht. Was,

wenn ihr Motiv nicht Liebe oder Rachsucht ist, sondern Geld? Vielleicht hat der Kapitän ihr etwas hinterlassen? Womöglich hat er mit ihr Schluss gemacht, und sie wollte verhindern, dass er das Testament ändert, wenn er nach London zurückkehrt.«

Reed neigte leicht den Kopf. »Sie stecken voller Ideen, Mrs Gold.«

»Ich lese eine Menge Kriminalromane.«

Diese Erklärung schien bei ihm nicht gerade auf Anerkennung zu stoßen.

»Nun, wie ich sehe, haben Sie sich einige Gedanken gemacht.«

»Für mich steht fest, dass es sich entweder um Miss Guilford und Officer MacIntosh oder um Mrs Walsh und Babineaux handelt.«

»Sie sind sich Ihrer Sache ziemlich sicher«, stellte Reed fest.

»Ich könnte mich mit der Zusammenstellung auch irren«, räumte Ginger ein, »aber ich bin überzeugt davon, dass es sich um ein Zweiergespann handelt.«

»Ein Mann, der stark genug ist, hätte dieses Verbrechen auch allein durchführen können.«

»Aber selbst ein starker Mann hätte Schwierigkeiten, eine Leiche aus der Kabine des Captains über mehrere Decks hinunter in die Speisekammer zu schleppen.«

Chief Inspector Reed hielt einen Moment inne und musterte sie. »Woher wissen Sie, dass der Kapitän in seinem Schlafzimmer getötet wurde?«

»Oh«, sagte Ginger ruhig, als ob ihr unbefugtes Eindringen keine Rolle spielen würde, »Miss Higgins und ich haben Mrs Walsh besucht, um ihr unser Beileid auszusprechen und unsere Hilfe anzubieten. Dabei hat Mrs Walsh die benachbarte Kabine des Kapitäns erwähnt, und als sie für einen Moment unpässlich war«, Ginger ließ es so klingen, als wäre Mrs Walsh nur kurz ins Bad gegangen, um sich die Nase zu pudern, »warfen Miss Higgins und ich einen Blick in die Kabine und haben dabei einen Blutfleck auf dem Teppich entdeckt.«

Reed lehnte sich zurück und stieß einen Seufzer aus. »Ich bin mir nicht sicher, ob ich angesichts Ihrer Einmischung in die Ermittlung beeindruckt oder verärgert sein soll.«

»Beeindruckt natürlich! Und seien Sie versichert, dass wir nichts angerührt haben. Wir haben alles so gelassen, wie es war. Wir wissen, wie moderne Forensik funktioniert. Konnten Sie Fingerabdrücke nehmen?«

»Ja, das konnte ich in der Tat. Doch da ich hier ja nun einmal keine Untersuchungsmannschaft habe, musste ich selbst nach Spuren suchen. Ergebnisse wird es aber naturgemäß erst nach meiner Rückkehr zu Scotland Yard geben.«

»Haben Sie die Mordwaffe schon identifiziert?«

Der Chief Inspector räusperte sich. »Bis jetzt ist sie noch nicht gefunden worden.«

»Ich habe einen Zeugen, der beobachtet hat, wie eine Frau einen schweren Gegenstand, etwa so groß wie ein Kerzenständer, über Bord warf.«

»Sie haben einen *Zeugen*? Berichten Sie!«

»Chief Inspector, ich kann doch meine Informanten nicht verraten.«

Reed stöhnte ungeduldig auf. »Wie kommen Sie darauf, dass die Mordwaffe ein Kerzenständer war?«

»In der Kabine des Kapitäns fehlte einer. Das wird Ihnen doch sicherlich aufgefallen sein, oder?«

»Natürlich. Ich hätte nur nicht erwartet, dass Sie es bemerken.«

Ginger starrte ihn wütend an. »Ich bin kein Dummerchen, Mr Reed. Ich habe einen Hochschulabschluss!«

Dem Chief Inspector blieb für einen Moment der Mund offen stehen. »Ich bitte um Verzeihung«, sagte er dann. Immerhin hatte er den Anstand, einigermaßen zerknirscht auszusehen. »Junge Damen scheinen heutzutage nichts mehr ernst zu nehmen, alles dreht sich nur ums Feiern und Spaß haben. Ich hätte nicht so voreingenommen sein dürfen.«

Ginger erlaubte sich ein kleines Lächeln. »Entschuldigung angenommen. Allerdings sollten Sie wissen, dass ich so jung gar nicht bin. Ich bin neunundzwanzig.« Tatsächlich war sie vor einem Monat bereits dreißig geworden, aber sie konnte sich nicht dazu durchringen, das zuzugeben.

Der Chief Inspector, der ein gutes Jahrzehnt älter war als sie, nickte nur. »Und, hat Ihr Zeuge die Frau identifiziert?«

»Leider nicht, sie stand mit dem Rücken zu ihm und hatte einen großen Hut auf. Außerdem hat ihn die Sonne geblendet.«

»Eine sehr praktische Ausrede.«

»Ich vertraue ihm voll und ganz.«

Reed schlug die Beine übereinander und legte sich einen Finger ans Kinn. »Bloß, weil eine Frau einen Gegenstand über Bord wirft, heißt das noch lange nicht, dass dies mit dem Fall zu tun haben muss.«

»Da stimme ich Ihnen zu«, räumte Ginger ein. »Allerdings ist die Mordwaffe immer noch nicht aufgetaucht, und solange sie nicht gefunden wird, kann man es auch nicht ausschließen.«

»Gut. Das bedeutet aber nur, dass eine Frau involviert sein könnte, was wir ohnehin bereits geschlussfolgert haben.«

»Es könnte darauf hindeuten, dass die Frau für den Mord am Kapitän verantwortlich ist. Ihr Komplize wurde vielleicht nur rekrutiert, um bei der Beseitigung der Leiche zu helfen.«

»Womit wir wieder bei Ihrer Theorie eines Tätergespanns wären.«

»Richtig.«

»Okay, *Chief Inspector* Gold«, sagte Reed schmunzelnd. »Was würden Sie als Nächstes tun?«

Mit einem strahlenden Lächeln antwortete Ginger: »Ich würde den Koch befragen.«

17

In der Küche herrschte reger Betrieb. Babineaux richtete sich überrascht auf, als er sah, wie Ginger und der Chief Inspector den Raum betraten, den er als sein persönliches Reich erachtete. Er fasste sich, dann warf er ein Handtuch in eines der großen Waschbecken aus rostfreiem Edelstahl. »Chief Inspector, Mrs Gold, wie kann isch Ihnen ’elfen?«

»Sie sind sehr beschäftigt, wie ich sehe. Es tut mir leid, Sie stören zu müssen«, begann Reed. »Ich würde Ihnen gerne ein paar Fragen stellen, wenn Sie ein paar Minuten Zeit hätten?«

»Natürlisch. In meinem Büro sind wir ungestört, und es ist etwas komfortabler als ’ier.« Babineaux gab seinem Küchenteam auf Französisch Bescheid, bevor er sich wieder an Ginger und den Chief Inspector wandte. »Darf isch Ihnen Kaffee oder Tee anbieten?«

Ginger wie auch Reed lehnten dankend ab. Babineaux schenkte sich selbst eine Tasse Kaffee ein, den er schwarz trank.

Der Chief Inspector setzte sich gegenüber von Babineaux an den Schreibtisch. Ginger nahm auf dem leeren Stuhl neben Reed Platz.

»Isch kann mir denken, warum Sie ’ier sind, Chief Inspector«, begann der Koch. »Aber wenn isch fragen darf, warum kommen Sie in Begleitung von Mrs Gold?«

Obwohl die Frage eigentlich an Reed gerichtet war, antwortete Ginger selbst darauf. »Ich bin als Zeugin hier, für den Fall, dass dieses Gespräch vor Gericht relevant sein sollte.« Das überraschte sowohl den Koch als auch den Chief Inspector, doch keiner von beiden erhob Einwände.

»Sie haben die Leiche«, Reed konsultierte demonstrativ sein Notizbuch, »gestern um zwölf Uhr mittags entdeckt.«

»Ja, Sir. Isch ’abe gerade über das Menü nachgedacht und mir kam der Gedanke, dass vielleischt die Erdbeeren *fini* sein könnten.«

»Verstehe«, sagte Reed. »Warum sind Sie dann zum Gurkenfass gegangen?«

»Das ’abe isch Ihnen bereits alles gesagt, Chief

Inspector.« Der Koch sah aus, als wäre ihm unbehaglich zumute.

»Bitte haben Sie Nachsicht mit mir. Es herrschte großer Tumult zu dem Zeitpunkt, und ich will nur sichergehen, dass ich alle Details korrekt notiert habe.«

Babineaux' Schultern schienen sich ein wenig zu entspannen. »Isch wollte gerade die letzten Essiggurken aus dem Fass 'olen, als isch einen klebrigen Fleck auf dem Boden bemerkte. Küsche und Vorratskammer müssen immer tiiipptopp in Ordnung sein. Also wollte isch den Wischmopp 'olen. Da sah isch, dass der Deckel lose auf dem Fass lag.«

»Erzählen Sie uns von Ihrer Beziehung zu Mrs Walsh«, forderte Ginger den Koch unvermittelt auf.

Babineaux fuhr so zusammen, dass er seinen Kaffee verschüttete. Reed schürzte die Lippen, als müsse er seine Verärgerung unterdrücken, doch er nickte dem Koch zu, um diesem zu signalisieren, dass auch er auf die Antwort gespannt war.

Babineaux wischte die schwarze Flüssigkeit mit dem Saum seiner Schürze auf. »Mrs Walsh und isch kennen uns, weil sie die Frau des Captains ist. Sie reiste 'äufig mit ihrem Mann nach Amerika. Alle in der Küsche kennen sie, denn sie ist selbst eine leidenschaftlische Köschin und 'ilft auch gerne ab und an mit.«

»Und Captain Walsh war mit diesem ... Arrangement einverstanden?«

Der Koch gab ein Knurren von sich. »Um ehrlisch zu sein, Captain Walsh war kein besonders aufmerksamer Ehemann. Zumindest nischt bis zu dieser Reise.«

»Warum sagen Sie das?«

»Es war das erste Mal, dass der Captain seine Frau in der Küsche gesehen 'at. Er schrie sie an und schickte sie fort. Er 'at gesagt, die Frau eines Schiffskapitäns sollte sisch nischt mit Leuten wie uns abgeben.« Babineaux konnte die Verachtung in seiner Stimme kaum verbergen.

»Sie haben den Captain nicht gemocht«, stellte der Chief Inspector fest.

»Es spielt keine Rolle, ob isch den Mann gemocht 'abe oder nischt. Isch 'abe nur meine Arbeit verrischtet.«

»Es spielt durchaus eine Rolle, wenn wir von der Frau des Captains sprechen«, erwiderte Reed.

Der Koch wurde hochrot und war nun ganz aufgebracht. »Mrs Walsh 'at etwas Besseres verdient als ihn ... Captain Walsh war ein guter Kapitän, aber als Ehemann – *merde.*« Sein Blick wanderte zu Ginger. »Entschuldigen Sie, Madame.«

»Und wenn der Captain plötzlich verschwindet«, sagte Reed, »würde das Ihre ›Bekannte‹ von dem befreien, was Sie als schlechte Behandlung ansehen.«

»Und ob isch das als schleschte Be'andlung ansehe!«

Haley würde diesen Kerl mögen, dachte Ginger.

Babineaux fuhr fort: »Isch 'abe den Captain nischt getötet, falls Sie das andeuten wollen.«

»Auch nicht aus Liebe?«

Gingers Frage überrumpelte ihn dermaßen, dass er den Schluck Kaffee, den er gerade genommen hatte, prustend ausspuckte und den Chief Inspector mitten ins Gesicht traf. Angewidert stellte Ginger fest, dass auch ein paar Tropfen auf ihrem Kleid gelandet waren.

»*Excusez-moi!*« Babineaux rief etwas in Richtung Küche, woraufhin sogleich ein Schiffsjunge mit einem Handtuch herbeieilte. Unbeholfen versuchte dieser, dem Chief Inspector die Kleidung trockenzutupfen. Reed schnappte dem Jungen das Tuch aus der Hand und tupfte sich Gesicht und Anzug ab. Dann reichte er Ginger das Tuch. Sie konnte nur hoffen, dass ihr Canton-Krepp nicht ruiniert war.

»Isch 'abe misch verschluckt«, erklärte Babineaux. »Isch bitte vielmals um Verzeihung.«

»Schon in Ordnung, alter Knabe«, sagte Reed und erhob sich. »Wenn noch Fragen auftauchen, komme ich noch einmal auf Sie zurück.«

Als sie außer Hörweite der Küchenmannschaft waren, beugte sich Ginger zu Reed und sagte: »Höchst verdächtig, finden Sie nicht auch?«

18

Der Gedanke an den bevorstehenden Ballabend beschleunigte Gingers Puls. Tanzen liebte sie fast so sehr wie Mode. Sie durchforstete ihren Schrank, zog ein Kleid nach dem anderen heraus und legte es aufs Bett.

Haley blickte von ihren Büchern auf. »Was machst du da?«

»Ich weiß nicht, was ich anziehen soll«, stöhnte Ginger.

»Könntest du nicht auch einfach den Schrank durchsuchen, ohne dabei die ganze Mühe, die uns das Aufhängen gekostet hat, zunichtezumachen?«

Ihre Freundin klang nicht wirklich aufgebracht, und ein schneller Blick in Haleys Gesicht überzeugte

Ginger, dass sie sich tatsächlich für den Auswahlprozess interessierte.

»Ich muss die Kleider im Licht sehen«, erklärte Ginger. Sie fasste sich mit der säuberlich manikürten Hand ans Kinn. »Ich warte darauf, dass eins davon mir ein Zeichen gibt.«

»Jetzt beginne ich, mir Sorgen zu machen.«

Ginger warf Haley einen Blick zu. »Keine Angst, ich bin nicht verrückt geworden. Zumindest noch nicht.«

»Zur Kenntnis genommen.«

»Alle diese Kleider sind so umwerfend, dass ich fast das Gefühl habe, das eine zu hintergehen, wenn ich mich für das andere entscheide. Du musst mir helfen, eins auszusuchen.«

Haley warf ihr einen ratlosen Blick zu. »Du hast wirklich eine Menge sehr schöner Kleider, aber – und bitte versteh mich nicht falsch – abgesehen von der Farbe sehen sie für mich alle gleich aus.«

»Haley Higgins! Das ist Ketzerei!«

Ein Auflachen war die ganze Reaktion.

Als Erstes probierte Ginger ein blaues, locker geschnittenes Kleid mit einem langen, weiten Rock an, bei dem tief an der Taille eine große, gestärkte Stoffrose befestigt war. Ginger betrachtete sich im Spiegel, zog die Stirn kraus und entschied sich dagegen.

»Was ist daran auszusetzen?«

»Ich weiß nicht. Es fühlt sich einfach nicht richtig an.«

Nach zwei weiteren Fehlversuchen hatte Ginger genau das Richtige gefunden: ein geradliniges Kleid, dessen goldschimmernde Doppellage aus Stoff von der Taille aus weich und fließend fiel. Es war ärmellos, mit winzigen Pailletten versehen, und der weite U-Boot-Ausschnitt betonte die sanften Konturen von Gingers Schlüsselbeinen. Dazu wählte sie einen sehr modischen, turbanähnlichen Kopfschmuck mit Perlbesatz und vervollständigte ihre Aufmachung mit hauchdünnen Strümpfen und schwarzen Riemchenpumps mit hohem Absatz.

»Wie findest du es?«

»Famos. Du siehst wunderschön aus.«

»Aber das hast du bei den anderen auch gesagt.«

Haley zuckte mit den Schultern, ohne dem Vorwurf zu widersprechen.

Ginger sah ihre Freundin geknickt an. »Ach, ich vermisse Molly.«

»Langsam fange ich auch an, sie zu vermissen«, grummelte Haley.

Mit dem Vorsatz, diese Beschwerde zu ignorieren, wechselte Ginger zu einem anderen Thema, mit dem sie bei ihrer geschichtlich interessierten Freundin vielleicht mehr Erfolg hätte. »Hast du eigentlich schon gewusst, dass der Ballsaal auf diesem Schiff während des Krieges als Feldlazarett diente?«

»Tatsächlich?«

»Ja. Dort wurde das Leben vieler Männer von Krankenschwestern wie dir gerettet.«

»Interessant.«

»Möchtest du nicht mitkommen und dir den Saal ansehen?«

»Nein.«

»Also, wirklich, Haley, du bist unmöglich.«

»Man hat mich schon Schlimmeres genannt.«

»Bist du sicher, dass ich dich nicht überreden kann, mitzukommen? Es wäre eine Schande, solch eine vornehme Veranstaltung zu verpassen.«

»Ballabende interessieren mich wirklich nicht«, sagte Haley. »Da bleibe ich lieber in der Kabine und lese.«

»Immerzu arbeitest du. Saurer Schweiß macht früh die Haare weiß!«, sagte Ginger und vollführte einige Drehungen.

»Arbeit nährt, Müßiggang zehrt. Du wirst sicher genug Spaß für uns beide haben.« Haley lehnte sich zurück und legte die bloßen Füße auf einen Sessel. »Ich nehme an, der gut aussehende Chief Inspector wird auch dabei sein?«

»Das ist anzunehmen. Er ist ein hervorragender Tänzer. Aber denk bloß nicht, dass ich den ganzen Abend mit ihm tanzen werde. Es gibt genug andere Herren an Bord, die mich bis in die frühen Morgenstunden übers Parkett wirbeln können.«

»Da wäre ich fast versucht mitzukommen, allein um dir zuzusehen. Auf der Tanzfläche stiehlst du allen die Show.«

»Heißt das, du hast deine Meinung geändert?«, fragte Ginger hoffnungsvoll.

Haley schmunzelte. »Ich fürchte nein.«

Es bedurfte einiger Fantasie, um sich den Ballsaal als ein blutiges, von qualvollem Stöhnen erfülltes Lazarett vorzustellen. Alle Spuren von Leid und Tod waren übermalt und fortpoliert worden. Auf dem Holzboden spiegelte sich das Licht der Kronleuchter, die an der Stuckdecke hingen. Gepolsterte Stühle in sattem Grün und Rosa standen in lockeren Gruppen an den Wänden. Im hinteren Teil des Saals befand sich eine Bar aus edlem Mahagoniholz, an der Messingschienen befestigt waren, die vom Seegang ins Rutschen gebrachte Gläser zurückhalten sollten.

Dort entdeckte Ginger den Kellner Roy Hardy. Er

trug eine saubere, frisch gestärkte Uniform, sein rotes Haar war ordentlich zu einem Seitenscheitel frisiert.

»Mr Hardy«, grüßte sie ihn.

»Guten Abend, Mrs Gold«, erwiderte Roy mit freundlichem Lächeln. »Darf ich Ihnen etwas zu trinken anbieten?«

»Ja, bitte ein Glas Ihres besten Champagners.«

»Natürlich, kommt sofort.«

Ginger beobachtete, wie er gekonnt den Korken zog, ein Glas füllte und es ihr reichte.

»Wie ist es mit Miss Chloe gelaufen?«, erkundigte sich Ginger.

Roys Gesicht verfärbte sich. »Ich habe getan, was Sie gesagt haben, Madam.«

»Und?«

»Schwer zu sagen. Wir haben uns einander nun offiziell vorgestellt, aber ich weiß nicht, ob ich ihr Herz gewinnen konnte.«

»Kleine Schritte, Mr Hardy.«

»Madam, was sollte ich als Nächstes tun?«

Ginger nickte. »Finden Sie heraus, wann Miss Chloe ihre Mittagspause macht. Dann sorgen Sie dafür, dass Sie während dieser Zeit ebenfalls eine Pause einlegen können. Wenn Sie sie sehen, fragen Sie, ob Sie sich zu ihr setzen dürfen. Sagt sie ja, können Sie davon ausgehen, dass sie interessiert ist. Wenn sie eine Ausrede vorbringt oder zustimmt, aber dabei nicht lächelt, wissen Sie, dass sie es nicht ist.«

Der junge Mann schluckte schwer. »Ich glaube, mein Magen wird so oder so keine Mahlzeit vertragen.«

»Aber es ist doch besser, zu wissen, woran man ist, als im Dunklen zu tappen, nicht wahr? Wenn sie kein Interesse hat, verschwenden Sie nicht weiter Ihre Zeit. Es gibt genügend andere Mädchen, die Ihre Gesellschaft zu schätzen wüssten.«

Nach kurzem Zögern fragte er: »Glauben Sie wirklich?«

Der junge Kellner hatte wenig Selbstvertrauen, und Ginger war entschlossen, es zu stärken. »Aber natürlich, Mr Hardy. Sie sind ehrgeizig, intelligent und gut aussehend. Denken Sie immer daran, und trauen Sie sich, etwas zu wagen.«

»Vielen Dank, Madam«, sagte er und grinste bis über beide Ohren. »Ich danke Ihnen vielmals.«

Ginger tat, was sie Haley versprochen hatte, und verbrachte den halben Abend damit, mit jedem Gentleman zu tanzen, der dazu bereit war, nur nicht mit Chief Inspector Reed. Irgendwann gehörte er zu den letzten wenigen Männern, von denen sie nicht zum Tanz aufgefordert worden war. Fast war Ginger versucht, sich über diese Kränkung zu ärgern. Sie ertappte sich dabei, dass sie sich, obwohl sie gerade mit einem anderen tanzte, nach ihm umsah, und schalt sich für diese Schwäche. Andererseits stellte sie fest, dass der Chief Inspector genau dasselbe tat. Genau genommen war es geradezu lächerlich, dass sie beide so taten, als würden sie einander nicht bemerken.

Letzten Endes durchquerte er doch den Raum und bat um einen Tanz. Indem sie ihm ihre behandschuhte Hand reichte, nahm sie seine Aufforderung an.

»Sie waren heute Abend ziemlich viel auf den Beinen, Mrs Gold. Ich hoffe, Sie haben noch einen Funken Energie für mich übrig?«

»Ich denke schon, Chief Inspector.«

Ginger legte ihre Hand auf seine Schulter, er platzierte die seine sanft auf ihren oberen Rücken, und schon führte er Ginger gekonnt über die Tanzfläche.

»Sind Sie mit dem Fall schon weitergekommen, Chief Inspector?«

»Sie kommen also gleich zur Sache«, stellte er fest. Er sah aus, als würde er mit sich ringen, ob er ihr seine Erkenntnisse mitteilen sollte oder nicht. Schließlich gab er nach.

»Ich habe Miss Patty Applebalm befragt, und sie hat mir verraten, dass sie nicht nur Miss Guilfords Assistentin ist, sondern auch mit ihr verwandt. Miss Guilford ist die Tochter ihrer Schwester.«

»Das habe ich mir schon gedacht.« Wobei Ginger es nicht für nötig hielt, ihre Unterhaltung mit der Frau zu erwähnen.

»Ach ja?«

»Ja, in der Tat. Mir war zwischen den beiden Frauen eine Vertrautheit aufgefallen, die das gewöhnliche Maß bei einer Arbeitgeberin und ihrer Angestellten übersteigt. So war die Annahme, dass es sich um Verwandte handeln muss, naheliegend.« Auf Reeds zweifelnden Blick fügte sie hinzu: »Miss Higgins kann meine Vermutungen bestätigen.«

Er atmete tief ein, aber er schien Gingers Erklärung zu akzeptieren. »Offenbar waren die Applebalms eine einfache Bauersfamilie aus dem Osten von Amerika. Dem Anschein nach bemüht sich Miss Guilford sehr, diese Tatsache von der Presse fernzuhalten.« Er legte den Kopf schief. »Haben Sie sich das auch bereits gedacht?«

»Ich fürchte nicht«, entgegnete Ginger. »Ich habe zwar eine gute Menschenkenntnis, aber Gedanken zu lesen muss ich erst noch lernen.«

»Ich bin erleichtert, das zu hören, Mrs Gold. Ich hatte nämlich schon langsam den Verdacht, dass Sie ein mystisches Wesen sind, das nicht aus Fleisch und Blut besteht.«

Ginger brach in helles Gelächter aus. »Sie haben nichts zu befürchten, mein lieber Chief Inspector. Ich bin genauso ein Mensch wie Sie.«

»Und doch überdurchschnittlich, würde ich zu behaupten wagen. Bedauerlicherweise muss ich gestehen, dass ich Nachforschungen über Sie angestellt habe.« Mit einem Nachsatz fügte er hinzu: »Wie bei allen Verdächtigen.«

Ginger lehnte sich ein Stück zurück und schaute ihm in die Augen. »Ach ja?«

»Es scheint, dass Sie mehr Fähigkeiten haben, als Sie vermuten lassen. Fähigkeiten, die sich während des Krieges als nützlich erwiesen haben.«

Mit gänzlich neutraler Miene entgegnete sie: »Ich habe nicht die leiseste Ahnung, wovon Sie sprechen.«

»Es scheint, dass selbst Scotland Yard nicht auf all ihre Akten zugreifen kann. Ihre Aktivitäten waren offenbar recht vertraulicher Natur.«

Ginger musste schmunzeln. »Ich glaube, Sie verwechseln mich. Meine Aufgabe während des Krieges war recht einfach. Ich war in Frankreich als Telefonistin tätig, mehr nicht.«

Reed ging nicht darauf ein, und so tanzten sie, bis

das Lied zu Ende ging, schweigend weiter. Ginger war sich nicht sicher, wie viel der Chief Inspector über ihre geheimen Missionen während des Krieges wusste, aber das lag nun einmal nicht in ihrer Hand. Sie hielt sich an ihren Teil der Abmachung, indem sie schwieg.

19

Nach so viel ausgelassenem Tanz war ihre Kehle wie ausgetrocknet. Ginger kehrte zum Tisch zurück, an dem ihre Federboa und ihre silberbesetzte Handtasche lag, und während sie nach einem Glas Sprudelwasser griff, sah sie einen weißen Zettel unter ihrer Tasche hervorblitzen. Als sie las, was darauf stand, lief ihr ein kalter Schauder über den Rücken.

Suchend ließ sie den Blick durch den Raum schweifen. Wer konnte der Verfasser dieser Nachricht sein?

Nancy Guilford tanzte gerade wieder mit einem neuen Partner. Ginger war so ins Gespräch mit Reed vertieft gewesen, dass sie gar nicht mitbekommen hatte, ob die Schauspielerin die ganze Zeit über auf der Tanzfläche gewesen war. Sicherlich hätte sie ohne Weiteres auf dem Weg zum Waschraum den Zettel auf dem Tisch platzieren können.

Andere Verdächtige im Tanzsaal waren MacIntosh und Babineaux, der das Büffet beaufsichtigte. Mrs Walsh fehlte natürlich, da ihre Teilnahme an einer Tanzveranstaltung einem Skandal gleichgekommen wäre. Das bedeutete aber nicht, dass sie nicht vielleicht doch einen Blick in den Saal geworfen haben könnte oder gar einen der Kellner gebeten hatte, die Nachricht auf den Tisch zu legen.

Als Ginger dastand und nachdachte, hatte sie das Gefühl, beobachtet zu werden. Ihre erste Vermutung war Reed, aber ein Blick in seine Richtung zeigte, dass er mit einer Dame tanzte und auf sie konzentriert war. Dann fiel ihr auf, dass Babineaux sie unverwandt anstarrte. Sollte das ein Zeichen sein?

Sie griff nach ihrer Handtasche und machte sich auf den Weg zu den Waschräumen. Während sie den Sitz ihrer Frisur und ihren Lippenstift überprüfte, überlegte sie, wie sie noch einmal in den Vorratsraum gelangen konnte, in dem die Leiche gefunden worden war. Sie wurde das Gefühl nicht los, dass ihr ein wichtiges Puzzlestück fehlte. Vielleicht gab es etwas, das sie übersehen hatte. An jenem Tag war alles so schnell gegangen, und der Raum war voller Menschen gewesen. Wenn sie sich ohne Ablenkung dort aufhalten könnte, würde sie vielleicht die Lösung finden. Ginger ging zurück zu ihrem Tisch, doch auf halbem Weg machte sie kehrt, tat, als hätte sie etwas vergessen, und lief noch einmal zurück. Kurz vor der Tür zum Waschraum drehte sie ab und verließ den Ballsaal.

Da die Tanzveranstaltung den größten Teil des Personals und der Gäste beschäftigt hielt, konnte Ginger heimlich hinunter zur Küche schlüpfen. Erst als sie das Deck erreicht hatte, auf dem die Vorratsräume lagen, fiel ihr ein, dass sie möglicherweise verschlossen sein könnten. Zuerst erreichte sie die trockene Vorratskammer und probierte die Klinke. Die Tür war, vielleicht weil es praktischer war, unverschlossen. Auch die Kühlkammer war nicht abgesperrt. Ginger betätigte den Lichtschalter und trat ein. Fröstelnd zog sie ihre Boa enger um sich und drückte sich die Handtasche gegen die Brust.

In den fast leeren Regalen waren nur noch die Vorräte für einen Tag übrig. Im hinteren Teil standen die Fässer. Das, in dem der Kapitän gefunden worden war, lehnte in Einzelteile zerlegt an der Wand. Mit einem Seil war der Tatort markiert. Am Boden waren Kratzspuren zu sehen, wobei nicht klar war, ob sie vom Küchenteam oder von den Tätern stammten.

Ginger wusste selbst nicht, was sie zu finden gehofft hatte, und sie konnte nichts Auffälliges entdecken. Einigermaßen enttäuscht wandte sie sich zum Gehen. Doch an der Tür kam sie abrupt zum Stehen. Der Ausgang war blockiert.

Sie wich zurück, fasste sich ans Herz. »Monsieur Babineaux, Sie haben mich vielleicht erschreckt.«

Babineaux hob seine buschigen Brauen. »Was machen Sie 'ier, Mrs Gold?«

Die Pupillen seiner dunklen Augen waren in dem schwachen Licht geweitet, was ihm ein unheimliches Aussehen verlieh. Waren das etwa die schwarzen Augen eines Mörders?

»Ich habe mir Gedanken über den Fall gemacht«, sagte Ginger, »und dachte mir, vielleicht habe ich in der Speisekammer irgendetwas übersehen. Aber ich habe nichts Neues entdeckt.«

Babineaux trat einen Schritt näher und versperrte ihr dadurch vollends den Weg nach draußen. Ginger war klug genug, um ein gewisses Maß an Angst zu verspüren, doch das würde sie sich keinesfalls anmerken lassen. »Haben Sie mir den Zettel hinterlassen?«

Seine Augen blitzten auf. »Isch weiß von keinem Zettel.«

Ginger starrte zurück. Entweder log er oder er beschützte jemanden.

»Es ist gefährlisch, allein auf dem Schiff 'erumzulaufen, nischt wahr? Es müsste Ihnen eigentlisch klar sein, dass Sie keine Befugnis 'aben, diese Räume zu betreten.«

Die Schatten, die die nahe Glühbirne warf, ließ Babineaux' Gesicht bedrohlich aussehen. Ginger bedauerte, ihren Revolver nicht in ihre Handtasche gesteckt zu haben. Doch als sie sich für den Ball fertig gemacht hatte, schienen solche Vorsichtsmaßnahmen noch ganz unnötig. Wenn sie nun durch Babineaux' Hand sterben würde, weil sie den Revolver vergessen hatte, wäre Daniel sehr enttäuscht von ihr.

Also formte sie ihre Finger und ihren Daumen zu einer Pistole und drückte sie gegen ihre kleine Handtasche. Sie sah den Koch fest an. »Ich glaube, es ist in Ihrem besten Interesse, mich gehen zu lassen.«

Babineaux' Augen flackerten, und sein Gesicht verriet, dass er verstand, was sie ihm anzudeuten versuchte.

»Ihr Amerikaner denkt wohl, die Antwort auf alles sei eine Waffe.«

»Manchmal ist das durchaus auch so.«

Gingers Bluff funktionierte tatsächlich, und Babineaux trat zur Seite. Sie machte einen großen Bogen um ihn, dann eilte sie schnell den Korridor entlang zur Treppe.

20

Ginger eilte zum Oberdeck zurück und atmete erleichtert auf, als sie einigen Abstand zu Babineaux gewonnen hatte. Immer wieder hatte sie über die Schulter zurückgeblickt, um sich zu vergewissern, dass er ihr nicht folgte.

Die Korridore waren, im Gegensatz zu vorher, nun reich bevölkert. War der Ball schon zu Ende?

Doch Ginger hatte den Eindruck, dass irgendetwas vorgefallen war. Die Passagiere, die an ihr vorbeiströmten, wirkten nicht so, als kehrten sie von einem geselligen Tanzabend zurück. Auf ihren Gesichtern zeichneten sich Angst und Sorge ab. Sie entdeckte Mr und Mrs Fairchild.

»Was ist denn los?«

Mrs Fairchilds Stimme war vor lauter Aufregung

eine Oktave höher. »Officer MacIntosh hat den Ball abgebrochen, weil ein Sturm aufzieht. Er hat die Anweisung erteilt, dass alle Passagiere auf ihre Kabinen zurückkehren sollen. Es ist einfach furchtbar!«

Ihr Gatte versuchte, sie zu beschwichtigen. »Aber, aber, meine Liebe. Der gute Mann hat doch gesagt, dass es sich um eine reine Vorsichtsmaßnahme handle, die unserer Sicherheit dienen soll.« So wie er Ginger ansah, schien er zu befürchten, dass er noch eine zweite hysterisch gewordene Frau beruhigen müsste. »Es ist nur ein leichter Sturm, der bald vorübergezogen ist.«

Ginger bemühte sich, ihren Schreck zu zügeln. Die Lage musste schon ziemlich schlimm sein, wenn Mr Fairchild sich entschloss, überhaupt etwas zu sagen.

»Sie haben sicher recht«, sagte Ginger mit flauem Magen. Sie wollte keine Zeit mehr verlieren und eiligst zu Haley und Boss zurückkehren. Tatsächlich hatte der Wind mittlerweile so stark zugenommen, dass die Gischt bis aufs Deck hochschlug, und aus leichtem Nieselregen wurden in kürzester Zeit schwere Tropfen.

»Du bist früh zurück«, stellte Haley fest, als Ginger eintrat. »Ich dachte, so eine Veranstaltung würde bis in die frühen Morgenstunden dauern.« Doch bevor Ginger etwas erwidern konnte, bemerkte Haley ihr nasses Kleid. »Was ist denn mit dir passiert?«

»Officer MacIntosh hat wegen eines drohenden

Sturms den Ball abbrechen lassen. Draußen gießt es in Strömen.«

»Wirklich? Das habe ich gar nicht bemerkt.«

Was Ginger nicht überraschte. Wenn Haley in ihre Bücher vertieft war, konnte sie alles um sich herum ausblenden.

Ginger entledigte sich ihrer nassen Garderobe und zog sich ein einfaches Tageskleid an. Eigentlich war es schon spät genug fürs Nachtgewand, doch angesichts des aufziehenden Sturms befand sie das nicht für klug. Man wusste schließlich nicht, was weiter passierte oder wen man treffen könnte.

»Wie schlimm ist es denn?«, wollte Haley wissen.

»Ich war gerade nicht im Ballsaal, als die Ankündigung gemacht wurde. Mr Fairchild hat mir gesagt, es sei nichts Ernstes, und dass alle in ihre Kabinen zurückkehren sollen, sei eine reine Vorsichtsmaßnahme.«

Haley hob das Kinn. »Man will also nicht das Risiko eingehen, dass jemand über Bord geht.«

Ginger versicherte sich, dass die Tür abgesperrt war. »Der Sturm könnte auch jemandem die Gelegenheit bieten, sich einer unbequemen Bekanntschaft zu entledigen.«

»Bist du etwa um deine eigene Sicherheit besorgt?«

»Vorsicht ist die Mutter der Porzellankiste. Heute

Abend hat es einen unangenehmen Vorfall zwischen mir und Babineaux gegeben.«

Haley lehnte sich nach vorn. »Erzähl.«

Ginger berichtete von der Begegnung mit dem Koch in der kühlen Vorratskammer.

»Du hättest mich vorher holen sollen«, sagte Haley mit sorgenvoller Miene. »Wenn er nicht auf deinen Pistolenbluff reingefallen wäre, könntest du jetzt Haifischfutter sein.«

»Ich dachte, das Küchenpersonal sei mit dem Buffet im Ballsaal beschäftigt«, erklärte Ginger. »Ich wollte unbemerkt reinschlüpfen, mich umsehen und wäre in wenigen Minuten wieder verschwunden gewesen. Babineaux muss mich beobachtet haben und mir gefolgt sein.«

»Äußerst verdächtig.«

Bevor Ginger etwas erwidern konnte, kippte das Schiff zur Seite, und Haleys Bücher rutschten vom Tisch. Boss schreckte auf und fiepte.

»Schon gut, Bossy.« Ginger nahm ihn auf den Schoß, schmiegte sich an ihn. Sein weiches Fell hatte eine beruhigende Wirkung auf sie.

Haley sammelte ihre Bücher auf und legte sie auf den Tisch zurück. Doch schon neigte sich das Schiff zur anderen Seite, und die Bücher rutschten zur anderen Seite herunter. »Ich glaube, wir müssen alles wegräumen«, sagte sie, während sie die verstreuten Bücher ein zweites Mal aufhob und in der Tischschublade verstaute. »Wenigstens sind die Kerzenständer befestigt.«

»Würde es dir etwas ausmachen, meine Schuhe wegzuräumen?«, fragte Ginger. »Ich will Boss nicht absetzen.«

Haley hob die Schuhe auf und stellte sie in den Schrank. »Ich will ja nicht von einem dieser Absätze am Kopf getroffen werden.«

Wieder neigte sich das Schiff stark, und diesmal kippte der Hutschachtelturm in der Ecke um, woraufhin Gingers Hüte durch die ganze Kabine flogen. Welch furchtbarer Anblick bot sich Ginger, als sie ihre geliebten Kopfbedeckungen so völlig schutzlos und überall verstreut vor sich am Boden liegen sah. Bevor sie sie wieder einsammeln konnte, schaukelte das Schiff erneut heftig.

»Halt dich fest!«, rief Haley.

Ginger drückte Boss an ihre Brust, während sie sich verzweifelt an dem Messinggeländer festklammerte, das an der Wand angebracht war.

Nun erlosch auch noch das elektrische Licht und Dunkelheit umhüllte sie.

Oh, Gnade!

Das Sturmerlebnis erinnerte sie an ihre Reise

damals im Jahr 1918 von Le Havre nach Boston. Mitten auf dem Atlantik war das Schiff in ein Unwetter geraten, und Ginger war durch ihre Kabine geschleudert worden. Sie hatte sich dabei nur den Arm verletzt, doch damals hatte sie befürchtet, sich gleich zu ihrem Mann in den Himmel zu gesellen. Ihr Magen hatte dermaßen rebelliert, dass sie für die wenig damenhafte Möglichkeit, sich in einen Eimer zu erleichtern, sogar dankbar gewesen war. Bei dem Gedanken daran bildeten sich nun Schweißperlen auf ihrer Stirn. In ihrem Leben war Ginger schon vielen Gefahren ausgesetzt gewesen, aber nichts bereitete ihr so viel Angst wie die Vorstellung, im Meer ertrinken zu müssen.

»Ist alles in Ordnung mit dir?«, fragte Haley, die sich auf der anderen Seite des Raumes am Messinggeländer festhielt.

»Es geht schon. Lediglich der Gedanke, auf hoher See unterzugehen, gefällt mir nicht so sehr.«

»Wir werden nicht unter…« Nun hob sich der Bug in einem gefährlich steilen Winkel. Sowohl Ginger als auch Haley verloren den Halt und fielen quer durch den Raum, zum Glück in Richtung der Betten, wo sie wenigstens gegen eine weiche Oberfläche prallten. Boss stürzte auf den Boden und bellte.

»Boss!«

Als sich das Schiff wieder senkte, rannte das

verängstigte Tier zu Ginger. Hätte er einen Schwanz gehabt, hätte er ihn sich sicher vor Angst zwischen die Beine geklemmt.

»Haley, falls wir heute Nacht sterben, sollst du wissen, dass ich dich wie eine Schwester liebe.«

»Ach, Ginger. Du weißt, dass es mir genauso geht, aber wir werden nicht sterben.«

»Woher willst du das wissen?«

»Das sagt mir mein Bauchgefühl. Außerdem können wir nicht sterben, ohne deinen Namen reinzuwaschen.«

»Ganz richtig, Schwester Higgins.«

Der Sturm tobte noch eine gute Stunde lang. Gingers Beine waren vom ständigen Abstützen schon ganz müde. Zum Glück hatte sie an diesem Abend nicht viel gegessen. Zweifellos würde es einige Unannehmlichkeiten zum Aufwischen geben, wenn alles vorbei war.

Schließlich ließen Wind und Regen nach, und Haley traute sich, die Kerzen anzuzünden. Ginger beruhigte Boss, wobei das Tier eher sie beruhigte. Haley tat ihr leid, weil sie niemanden hatte, den sie in den Arm nehmen konnte.

Sie hielt Boss in ihre Richtung. »Willst du auch mal?«

Haley schnaubte auf. »Ich verzichte.« Nachdem sie

Ginger geholfen hatte, die Hüte einzusammeln und in ihre Kisten zurückzulegen, holte sie ihre Bücher wieder hervor. »Jetzt werde ich wohl bei Kerzenlicht lernen müssen.«

Ginger legte sich aufs Bett mit Boss neben sich, ihre Gedanken wirbelten durcheinander. Sie dachte an die Enthüllung von Chief Inspector Reed und seine Vermutung, was ihr Privatleben anging. Hatte das Geheimnis, das mit ihrem Namen verbunden war, sie in Reeds Augen nun mehr oder weniger verdächtig gemacht?

Und dann war da noch Babineaux, der jetzt ganz oben auf der Liste der Verdächtigen stand. Er hatte ein Motiv und Gelegenheit, aber noch fehlte der Grund, warum er den Leichnam konservieren sollte, statt sich seiner zu entledigen. Haleys Überlegung, dass das organisierte Verbrechen involviert sein könnte, hatte etwas für sich. Es war durchaus möglich, dass Babineaux jemandem beweisen musste, dass der Kapitän tatsächlich tot war.

In diesem Fall aber konnte sie sich nicht erklären, warum er den Fund der Leiche preisgegeben hatte. Hätte er das nicht getan, wäre jeder davon ausgegangen, dass der Captain über Bord gegangen war.

»Ich glaube, ich mache jetzt Schluss für heute«, verkündete Haley, indem sie ihre Bücher zuklappte und ihre Stifte in die Schublade legte.

Auch Ginger zog sich ihr Nachthemd an. Nachdem sie sich im Bad frischgemacht hatte, legte sie sich zu Bett. Das Schiff schaukelte nunmehr sanft und gleichmäßig, was sie hoffentlich bald in den Schlaf wiegen würde.

Haley blies die Kerzen aus und sagte Gute Nacht.

Ginger wollte gerade antworten, als es ihr wieder einfiel.

»Haley, fast hätte ich es vergessen. Jemand hat mir einen Zettel mit einer Nachricht zukommen lassen.«

Sie hörte, wie Haley sich in ihre Richtung drehte. »Was stand darauf?«

»›Wenn Ihnen Ihr Leben lieb ist, kümmern Sie sich besser um Ihre eigenen Angelegenheiten.‹«

21

Zu Gingers großer Erleichterung legte sich das Unwetter über Nacht ganz. Am nächsten Morgen brach wieder die Sonne durch die Wolken. Weder sie noch Haley hatten Lust zu frühstücken. Sie beschlossen, den Tag ruhig anzugehen, und begnügten sich mit einem Glas Orangensaft, den sie sich aufs Zimmer bringen ließen.

Nach einem kurzen Besuch im Zwinger – der schlimmer stank als je zuvor, weshalb sie großes Mitleid mit den Leuten auf dem Zwischendeck hatte –, beschloss Ginger, Boss bei sich zu behalten. Sie erklärte Scout, der zu ihrer Erleichterung den Sturm gut überstanden hatte, dass Boss seit dem Unwetter ziemlich nervös sei und deshalb den Tag lieber an ihrer Seite verbringen sollte.

»Hast du eigentlich vor, Chief Inspector Reed von deiner unangenehmen Begegnung mit Babineaux zu erzählen?«, wollte Haley wissen.

»Ich habe es in Erwägung gezogen, aber eigentlich bin ich ja diejenige, die im Unrecht ist, denn schließlich hatte ich keine Befugnis, die Vorratskammer aufzusuchen. Abgesehen von seiner bedrohlichen Körpersprache – die ich möglicherweise falsch interpretiert habe, denn die Beleuchtung in diesem Raum ist furchtbar und zweifellos sahen wir beide aus wie Leichenfledderer – hat der Koch ja nichts getan. Ich fürchte, der Chief Inspector würde mir nur einen seiner überheblichen Blicke zuwerfen und mir einen Vortrag darüber halten, dass ich die Polizeiarbeit ihm überlassen soll.«

»Was kein schlechter Rat ist«, betonte Haley. »Falls Babineaux der Mörder ist, kann es sein, dass du dein Leben aufs Spiel setzt.«

Ginger musste ihr recht geben. »Er ist offensichtlich sehr in Mrs Walsh verliebt und ganz und gar entschlossen, sie zu beschützen. Der Captain ist wohl mit seinen Worten sehr verletzend gewesen.«

»Seiner Angebeteten aus der Not zu helfen, ist ein starkes Mordmotiv.«

Ginger schlug anmutig ein Bein übers andere. »Mrs Walsh hat ihr eigenes Motiv.«

»Richtig, die verhasste Geliebte.«

»Wie traurig, wenn man in einer unglücklichen Ehe gefangen ist«, sagte Ginger düster.

»Da ist man lieber ledig«, pflichtete Haley ihr bei. »Tja, was bedeutet das nun für Nancy Guilford und Officer MacIntosh? Die beiden stecken auf die eine oder andere Weise unter einer Decke. Es gibt keinen legitimen Grund dafür, dass er in ihrer Kabine zu Besuch war.«

»Beide haben ein mögliches Motiv, den Captain tot sehen zu wollen«, meinte Ginger. »Vielleicht haben sie sich für ihr gemeinsames Ziel zusammengetan, und es geht gar nicht um eine Liebschaft.«

»Nun, wenn es nicht der Koch zusammen mit der Kapitänsgattin war, dann waren es wahrscheinlich die Schauspielerin und der Officer.«

»Leider haben wir keine Beweise.«

Haley nickte. »Und die Uhr tickt.«

Gegen Mittag hatten sich ihre Mägen so weit beruhigt, dass sie sich in den Speisesaal wagten. Die Matrosen waren eifrig dabei, das Wasser und den Seetang, den die Wellen an Bord gespült hatten, zu beseitigen. Ginger und Haley hielten sich aneinander fest, um nicht auf der rutschigen Oberfläche auszugleiten.

Der Saal war auffallend leer. Zweifellos lagen viele Leute noch in ihren Betten und erholten sich von dem

Unwetter. Nach einer leichten Mahlzeit holte Ginger Boss, bevor sie und Haley sich zu den paar weniger empfindlichen Reisenden gesellten, die auf dem Hauptdeck die Sonne genossen. Ginger und Haley setzten sich ebenfalls in zwei Liegestühle, Boss legte sich zwischen ihnen in den Schatten.

Ginger rückte ihren grauen Strohhut zurecht, dessen breite Krempe vorne hochgesteckt und mit zwei Rispen mit Weintraubenimitaten verziert war. »Es überrascht mich, dass du nicht lieber mit deinen Büchern in der Kabine bleiben wolltest.«

»Sogar Gott hat sich einen Tag freigenommen.«

»Oh, ist heute Sonntag?«

Haley schloss die Augen und reckte ihr Gesicht in die Sonne. »Für mich schon.«

Mit der Zeit kamen immer mehr Passagiere an Deck, um frische Luft und Sonne zu tanken, nachdem sie sich während des Sturms in ihren Kabinen verschanzt hatten. Die Damen trugen leichte Tageskleider aus Baumwolle oder Viskose, dazu Strohhüte und weiße Handschuhe. Die Herren waren in helle Leinenanzüge gekleidet und hatten passende Schiebermützen auf. Kinder, ebenfalls gut angezogen, hielten sich an den Röcken ihrer Mütter fest, und Ginger entdeckte sogar ein kleines Mädchen in einem hübschen Kleid von Jeanne Lanvin.

Ein Mann, der ein weißes Hemd und eine dünne schwarze Krawatte unter einem schottischen Fair-Isle-Pullover trug, verlangsamte im Vorbeigehen seinen Schritt und zog vor Ginger den Hut. Sie lächelte ihm zu und beobachtete, wie er anschließend neben einer Frau Platz nahm, die in einem Liegestuhl am Ende der Reihe saß.

»Männer!«, zischte Haley. »Er hat dir doch offensichtlich Avancen gemacht, dabei wartet nur ein paar Meter entfernt eine Dame auf ihn.«

Ernüchtert sagte Ginger: »Die Guten sind alle im Krieg gefallen.«

»Oh, Liebes, tut mir leid.« Haley griff nach Gingers Hand und drückte sie. »Manchmal bin ich so gedankenlos.«

»Schon in Ordnung. Also, wo waren wir?«

»Mitten in der Lösung des Rätsels.«

»Richtig. So viel unterhaltsamer als Männer.« Sie mussten beide lachen.

Irgendwann erschien auch Elise Walsh, die sich wie immer im dunklen Kleid mit schmaler Taille zeigte. Es war sehr passend für eine Ehefrau in Trauer. Ihre langen schwarzen Spitzenhandschuhe reichten bis zu den Ellbogen, die Augen waren hinter einem dunklen Schleier verborgen, der an ihrem Hut mit kurzer Krempe befestigt war.

Ginger stellte mit großem Interesse fest, dass die Wangen der Frau leicht gerötet zu sein schienen. »Mrs Walsh sieht besser aus als je zuvor.«

»Hast du schon mal den Ausdruck ›glückliche Witwe‹ gehört?«, gab Haley zurück.

Mrs Walsh ging an den beiden vorbei, ohne ihnen Beachtung zu schenken. Ginger wollte gerade auf sich aufmerksam machen, als Nancy Guilford um die Ecke kam und um ein Haar mit der Frau des Kapitäns zusammengestoßen wäre. Zwischen ihnen lag eine solche Anspannung in der Luft, dass es wohl zu einer Prügelei gekommen wäre, dachte Ginger, hätte es sich hier um Männer und nicht um vornehme Damen gehandelt.

Mrs Walsh machte mit selbstgerechtem Schnauben einen Bogen um Nancy, während die Schauspielerin der Witwe messerscharfe Blicke hinterherwarf.

»Die Gemüter kochen hoch«, murmelte Haley, nachdem der Moment vorbei war.

Ginger stimmte zu. »Wahrscheinlich verdächtigen sie sich gegenseitig.«

»Und eine von ihnen tut das wahrscheinlich zu Recht.«

22

Nancy Guilford lehnte an der Reling und blickte aufs Meer hinaus. Sie steckte sich eine Zigarette an – ohne sich die Mühe zu machen, eine Zigarettenspitze zu verwenden – und inhalierte den Rauch. Dann stieß sie ihn durch ihre leuchtend rot geschminkten Lippen wieder aus, bevor sie sogleich den nächsten Zug nahm. Die Begegnung mit Mrs Walsh hatte sie offenbar aufgebracht, dachte Ginger.

Sie stand auf, zog kurz an Boss' Leine und nickte in Richtung der Schauspielerin. Haley folgte ihr.

»Hallo«, rief Ginger.

Nancy Guilford beäugte Ginger und Haley argwöhnisch, als sie sich ihr näherten. »Hallo Ladys, wie geht es Ihnen?«

»Wunderbar«, antwortete Ginger. »So ein herrlicher Tag.«

»Besonders nach dem gestrigen Sturm«, sagte Nancy. »Die arme Patty war die ganze Zeit auf der Toilette, ihr Magen hat rebelliert.«

»Abgesehen von dieser unglücklichen Wetterlage war es bisher ein besonders schöner Sommer«, sagte Haley. »Ich bin froh, der stickig feuchten Luft entkommen zu sein.«

»Das können Sie laut sagen.« Nancy stieß eine weitere Rauchwolke aus. »Deshalb mag ich die Westküste lieber. In Los Angeles ist es im Sommer herrlich trocken.«

»Was führt Sie eigentlich nach England?«, fragte Ginger.

»Mein Agent will mich einem wichtigen Drehbuchautor vorstellen. Er ist der Meinung, dass ich perfekt für die Hauptrolle eines neuen Films geeignet sei.«

Ginger konnte sich das wegen der schrillen Stimme der Schauspielerin nur schwer vorstellen. »Wie aufregend.«

Nancy zuckte mit den Schultern und ließ ihre Zigarette in den Ozean fallen. »Es ist eben meine Arbeit.«

Patty kam heran, immer noch ein bisschen grün um die Nase. »Hier ist der Kaffee, Miss Guilford«, sagte sie, indem sie Nancy eine Tasse reichte. Diese nahm sie ohne ein Dankeswort entgegen. Ginger fragte sich, was sie wohl gegen Patty Applebalm in der Hand haben mochte, um die ältere Frau dazu zu bringen, sie so von vorne bis hinten zu bedienen.

Patty wartete auf weitere Anweisungen, und als keine kamen, ließ sie sich auf einem der Liegestühle nieder.

Ginger senkte die Stimme. »Ist Patty schon lange bei Ihnen?«

»Ach, Patty?« Nancy warf einen Blick über die Schulter zu ihrer Assistentin. »Klar. Sie ist klasse. Sie hat keine nennenswerte Familie, weshalb ich mir auch keine Sorgen machen muss, dass sie mich im Stich lassen würde. Ich behandle sie anständig, wissen Sie. Für eine Frau in ihrem Alter gibt es nicht viele gute Stellungen.«

Nancy Guilford hatte die Geschichte, mit der sie die Tatsache verbarg, dass es sich um ihre Tante handelte, anscheinend gut einstudiert.

»Ja, sicherlich steht sie tief in Ihrer Schuld«, sagte Ginger.

In Nancys Augen blitzte etwas auf, das schwer zu deuten war. Schnell wechselte sie das Thema. »Und was haben Sie beide in England vor? Werden Sie ins Theater gehen? Ich habe gehört, dass es ganz famose Stücke geben soll.«

»Nein, nichts so Aufregendes«, sagte Ginger. Sie erzählte vom Tod ihres Vaters und der Notwendigkeit, sich um den Nachlass zu kümmern, und von Haleys Aufnahme an der medizinischen Fakultät.

»Wow!«, rief Nancy. »Eine Ärztin! Ich bin beeindruckt.« Ginger nahm ihr das tatsächlich ab, denn ihr bisher kaum verhülltes Desinteresse an der unauffälligeren Frau war plötzlich verschwunden. Stattdessen beäugte sie Haley mit aufrichtiger Bewunderung.

»Darf ich fragen«, begann Ginger, »ob Chief Inspector Reed Ihnen irgendeinen Hinweis darauf gegeben hat, wer für den Tod des Captains verantwortlich sein könnte? Oder wer hinter der Erpressung stecken könnte?«

Nancy versteifte sich kurz bei dieser Frage, nahm dann aber wieder ihre Rolle ein und setzte ein Lächeln auf. »Nein, doch ich wünschte, er würde es tun. Was für ein Bild von einem Mann! Ich habe ihm versprochen, mich in London mit ihm auf einen Drink zu treffen.«

Der Gedanke, dass Reed die Schauspielerin privat treffen würde, verursachte bei Ginger ein seltsames Gefühl im Bauch, das sie tunlichst zu ignorieren versuchte. »Er wird sicher dafür sorgen, dass Sie einen angenehmen Abend verbringen.«

Eine steife Brise kam auf und wirbelte ein paar lose Strähnen von Nancys goldenem Haar durcheinander.

»Es war nett, mit Ihnen zu plaudern, aber ich muss nun dem Wind entkommen.« Sie gab Patty ein Zeichen. »Mein Tuch.«

Patty schälte sich vom Stuhl und kam mit ihrer Ledertasche heran. Als Nancy sich bereits zum Gehen wandte, holte Patty einen bunten Seidenschal aus der Tasche. Sie gab ihm Nancy, die ihn sich über den Kopf schlang und unter dem Kinn festband, bevor sie mit ihren langen, zarten Fingern winkte. »Man sieht sich!«

Ginger und Haley blickten den beiden Frauen hinterher.

»Interessant«, murmelte Haley.

Boss streckte sich an seiner Leine und schnupperte an einem kleinen Gegenstand, der auf dem Deck lag. Ginger hob ihn auf. »Guter Junge, Boss.«

»Was ist das?«, wollte Haley wissen.

»Der hatte sich anscheinend in Nancys Schal verfangen.« Ginger hielt einen Manschettenknopf hoch, und die eingeprägte Fleur-de-lis blitzte in den Strahlen der untergehenden Sonne auf. »Ich glaube, ich weiß jetzt auch, um welches Mörderpaar es sich handelt.«

23

Ginger erklärte Haley, was sie vorhatte, dann trennten sich ihre Wege. Sie brachte Boss in den Zwinger, ging anschließend zur Steuerbordseite zurück und klopfte an Miss Guilfords Tür. Als würde sie Besuch erwarten, öffnete die Schauspielerin schwungvoll. Ihr freudiger Gesichtsausdruck verwandelte sich schlagartig in Missfallen. Sie trug ein verführerisches Kleid und hielt zwei leere Champagnergläser in der Hand.

»Gibt es etwas zu feiern?« Ginger wartete nicht erst darauf, hineingebeten zu werden, sondern drängte sich einfach an der Schauspielerin vorbei.

»Hey, Moment mal. Sie haben kein Recht, hier so hereinzuplatzen.«

»Auf wen warten Sie denn?«, fragte Ginger. »Ihren Komplizen?«

Nancy schlüpfte in die Rolle der Unschuldigen. »Ich habe keine Ahnung, wovon Sie reden.« Sie stellte die Gläser auf der Anrichte ab und zündete sich eine Zigarette an, diesmal in einer Ebenholzspitze. Langsam ließ sie sich in einen Stuhl gleiten und schlug die langen Beine übereinander.

»Habe ich schon erwähnt, dass ich eine große Anhängerin von Ihnen bin?«, sagte Ginger. »Ich habe alle Filme von Ihnen gesehen.« Das schien Nancy zu gefallen.

»Aus Höflichkeit und weil ich Ihre Schauspielkunst so bewundere, dachte ich, ich sollte Ihnen sagen ...« Sie machte eine Kunstpause, bis sie sicher war, dass ihr Nancys volle Aufmerksamkeit gehörte.

»Mir was sagen?«

»Ich dachte, Sie sollten wissen, dass Mrs Elisc Walsh Sie beschuldigt, ihren Mann umgebracht zu haben.«

Nancy blies den Rauch ihrer Zigarette aus. »Na ja, das ist nicht weiter erstaunlich, oder? Natürlich würde eine Ehefrau die Geliebte des Mannes beschuldigen.«

»Sie sagt, sie hat Beweise.«

Zum ersten Mal wirkte Nancy beunruhigt und blinzelte nervös. »Dann macht sie Ihnen was vor.«

Ginger hatte bereits bemerkt, dass die Tür zum Nebenzimmer seit ihrer Ankunft einen Spalt geöffnet worden war. Daher überraschte es nun nicht sonderlich, als jemand ins Zimmer trat.

»Hallo, Miss Applebalm.«

Patty warf Ginger einen eisernen Blick zu, wandte sich aber an Nancy. »Ist alles in Ordnung, Miss Guilford?«

»Alles in bester Ordnung, Patty. Mrs Gold wollte gerade gehen.«

»Wie Sie meinen«, sagte Ginger lässig. »Hiermit sind Sie wenigstens vorgewarnt.«

Als sie an der Tür ankam, klopfte jemand. »Officer MacIntosh! Was für ein Zufall, Sie hier anzutreffen.«

Seine Augen huschten von Ginger zu Nancy, die mit den Schultern zuckte. »Sie ist ungefragt hier aufgetaucht.«

»Ist dies ein weiteres Beispiel für Ihre Gastfreundlichkeit?«, fragte Ginger. »Sie sorgen also mal wieder höchstpersönlich dafür, dass sich die Passagiere wohlfühlen? Wenn das so ist, warte ich immer noch auf einen Besuch von Ihnen.« Sie verschränkte die Arme. »Ich fühle mich geradezu vernachlässigt.«

MacIntosh richtete sich auf und sagte mit der Autorität seines Amtes: »Miss Guilford, würden Sie mit mir nach … woanders hingehen, wo wir unter vier Augen sprechen können?«

Nancy drückte ihre Zigarette in einem großen Porzellan-Aschenbecher aus und sprang auf. »Ja, gerne.«

»Aber, Officer MacIntosh …«, begann Ginger.

Er deutete mit ausgestrecktem Zeigefinger in ihre Richtung. »Ich muss mich vor Ihnen nicht für meine Handlungen und meinen Aufenthaltsort rechtfertigen, Mrs Gold.« Gerade als er nach der Türklinke griff, klopfte es erneut.

»Ist heute eine Party in meiner Kabine geplant, von der ich nichts weiß?«, fragte Nancy.

In der Tür erschien Mrs Walsh. Ihre rotgeränderten Augen und die feurige Farbe ihrer Wangen sprachen Bände. Sie konnte sich kaum beherrschen, selbst als sie feststellte, dass Nancy Guilford nicht allein war.

»Sind Sie wohlauf, Mrs Walsh?«, fragte MacIntosh.

»Was machen Sie denn hier?«, rief Nancy.

Elise Walsh starrte Nancy an und zischte: »Wir müssen unter vier Augen sprechen.«

»Warum? Damit Sie mich des Mordes beschuldigen können?«

Mrs Walsh schritt durch den Raum auf sie zu. »So wie Sie mich beschuldigt haben?«

Haley hatte in der Zwischenzeit Elise Walsh von

der angeblichen Anschuldigung berichtet, genauso wie es Ginger zuvor bei Nancy Guilford getan hatte.

Nancy wurde laut. »Ich habe Sie überhaupt nicht beschuldigt!«

»Meine Damen, meine Damen«, beschwichtigte Ginger die beiden Frauen. »Vielleicht kann ich weiterhelfen?« Sie zog den Manschettenknopf hervor. Sofort wurde es still. Alle starrten auf das Schmuckstück. »Der ist zu Boden gefallen, Miss Guilford, als Miss Applebalm Ihren Schal aus der Tasche holte. Er gehörte Captain Walsh.«

MacIntosh richtete den Blick auf Nancy Guilford.

»Es ist kein Geheimnis, dass ich ein Verhältnis mit dem Captain hatte«, verteidigte sich Nancy.

»Mrs Walsh, ich glaube, Sie haben das Gegenstück«, sagte Ginger.

»Na und? Warum sollte ich nicht die Manschettenknöpfe meines Ehemannes haben?«

»Ja, sehen Sie, Sie hatten beide, nicht wahr? Sie haben sie vom Ankleidetisch Ihres Mannes genommen, damit er sie nicht mehr tragen konnte.«

»Warum sollte ich das tun?«, fragte Mrs Walsh verbittert.

»Weil Sie wussten, dass er sie von Miss Guilford geschenkt bekommen hatte. Deshalb sagte er auch, sie hätten einen sentimentalen Wert für ihn.«

Nancy schluckte. »Woher wissen Sie das?«

Ginger öffnete eine Schublade an der Anrichte und nahm eine Quittung heraus. »Ein Paar silberner Manschettenknöpfe mit eingravierter Fleur-de-lis, kürzlich beim Boston Jewelers Exchange gekauft.«

Nancys volle Lippen wurden schmal.

»Zufällig fiel mein Blick darauf, als wir Sie aufgesucht haben«, erklärte Ginger. »Sie sollten Ihre Schubladen lieber schließen, wenn Besuch kommt.«

Nancy verschränkte die Arme vor der Brust. »Das Geschenk war ein vergeblicher Versuch meinerseits, ihn dazu zu bringen, diese Hexe zu verlassen, aber umgebracht habe ich ihn nicht.«

Ginger wandte sich an Patty Applebalm. »Sie lieben Ihre Nichte sehr, nicht wahr? Sie ist alles, was Ihnen von Ihrer geliebten Schwester geblieben ist.« Dann wiederholte sie die Worte, die Mrs Fairchild zu Beginn der Überfahrt einmal gesagt hatte. »Für Nancy würden Sie *alles* tun, nicht wahr?«

Nancy setzte sich auf und schaute ihre Tante an. Niemand sagte etwas. Langsam schüttelte Patty den Kopf. »Nein, nein, es ist nicht so, wie Sie denken.«

Ginger legte den Kopf schief und hielt den Manschettenknopf hoch. »Wirklich nicht?«

Plötzlich zeigte Miss Applebalm mit dem Finger auf Elise Walsh. »Sie hat als Erste zugeschlagen!«

»Patty!« Nancys Gesicht war rot angelaufen, was ihr nicht sehr gut stand. »Halt die Klappe!«

»›Sie hat als Erste zugeschlagen?‹« Es war die Stimme von Chief Inspector Reed, die nun durch die offene Tür schallte. »Heißt das, Sie waren diejenige, die ein zweites Mal geschlagen hat, Miss Applebalm?«

Ginger schaute zu Haley, die jetzt auch in der Tür stand, und gab ihr ein Zeichen mit dem Daumen nach oben. Doch im nächsten Augenblick war Patty Applebalm hinter Ginger und schlang ihr Nancys buntes Seidentuch um den Hals.

Mit zitternder Stimme rief sie: »Alle raus, oder ich tu ihr etwas an!«

24

Chief Inspector Reed hob beschwichtigend beide Hände. »Langsam, langsam.«

»Tantchen«, rief Nancy, sichtlich erschüttert. »Du kannst gerade nicht klar denken. Lass Mrs Gold frei, dann können wir vernünftig über alles reden.«

Doch Patty schüttelte entschlossen den Kopf. »Weder du noch ich werden für diesen schrecklichen Mann ins Gefängnis gehen. Und erst recht nicht für sein hinterhältiges Weib!«

»Patty, bitte«, flehte Nancy. »Das ist nicht der richtige Weg.«

»Welchen anderen Weg gäbe es sonst?«, spuckte sie aus. »Er hat dich und das Kind entehrt.«

Nancys Augen blitzten auf. »Patty!«

»Es ist doch wahr. Jetzt können sie es genauso gut

wissen. Dieser verachtenswerte Mann hatte nicht einmal den Anstand, sich um sein eigenes Fleisch und Blut zu kümmern. Er hat sie einfach ihrem Schicksal überlassen.«

Elise Walsh stützte sich gegen die Anrichte. »Ich wusste es!«

Nancy Guilford sank in den Sessel. Nun war ihr Geheimnis also gelüftet. Sie tat Ginger leid. Eine unverheiratete Frau, ohne Unterstützung, besorgt um das Wohlergehen ihres Kindes. Kein Wunder, dass sie und der Kapitän sich gestritten hatten.

»Haben Sie Captain Walsh erpresst, Miss Applebalm?«, fragte Ginger. Obwohl der Schal ziemlich eng um Gingers Hals gezogen war, fühlte sie sich nicht allzu unwohl. Sie war bereit, es auszuhalten, bis sie das ganze Geständnis gehört hatte.

»Das habe ich, und ich habe mich kein bisschen schlecht dabei gefühlt. Es war die einzige Möglichkeit, dem Kind eine Chance auf ein anständiges Leben zu geben. Meine Nichte mag sich als wohlhabend ausgeben, aber glauben Sie mir, das ist alles nur Show. Sie bekommt einen Hungerlohn bezahlt.«

Nancy gab ein tiefes, gequältes Stöhnen von sich.

Patty Applebalms Stimme wurde lauter. »Er hat gedroht, zur Polizei zu gehen und alles zu gestehen, um uns zu entlarven. Ich habe ihn in seiner Kabine aufgesucht, um ihn zur Rede zu stellen, und als Mrs Walsh uns zusammen fand …« Patty lachte, als wäre sie verrückt geworden. »Sie hat aus Eifersucht zugeschlagen. Aus Eifersucht! Können Sie sich das vorstellen? Als ob ich diesen Mann auch nur ein Haar hätte berühren lassen! Und dann habe ich nur vollendet, was sie angefangen hat.«

»Es war der Tropfen, der das Fass zum Überlaufen gebracht hat!« Elise Walsh schrie lauthals. »Keine einzige Demütigung konnte ich mehr hinnehmen von meinem Ehemann, egal aus welchem Grund er Sie geistlose Kuh in sein Zimmer gelassen hat.«

Als würde sie eine außerkörperliche Erfahrung machen, beobachtete Ginger die Szene aus einem objektiven Blickwinkel. Sie sah, wie Nancy wie eine Stoffpuppe auf dem Stuhl zusammensackte. Elise Walsh stand an der Anrichte und zuckte wie ein gefangenes Tier. Der Chief Inspector und Haley blockierten die Tür und wägten ab, was sie tun sollten, während sie Ginger und ihre Geiselnehmerin nicht aus den Augen ließen. MacIntosh blickte von einer Person zur anderen, die Arme nach vorne gestreckt, als könne er allein durch seine Willenskraft verhindern, dass die Dinge außer Kontrolle gerieten.

Lebensbedrohliche Situationen waren nichts Neues für Ginger. Frankreich war 1917 ein Ort ständiger

Angst gewesen. Aber Ginger hatte gelernt, bei ihren gefährlichen Missionen stets einen kühlen Kopf zu bewahren. Sie war darauf trainiert worden, in jeder Situation ihre Chancen einzuschätzen und zu entscheiden, was das Beste war, um sich und ihre Kameraden am Leben zu erhalten. Jetzt und hier war Ginger die Einzige, die sich in unmittelbarer Gefahr befand. Ihr Hals brannte, weil sie kaum Luft bekam, und am Rand ihres Sichtfelds tauchten langsam Sternchen auf.

Sie fragte sich, ob Patty Applebalm wusste, dass Mord in England mit der Todesstrafe mittels Strangs geahndet wurde.

Miss Applebalm, die ihre verzweifelte Lage zu erkennen schien, rief: »Raus!«, während sie das Tuch um Gingers Hals noch enger zog.

Ginger würgte und griff sich an die Kehle.

Haley geriet in Panik. »Tun Sie, was sie sagt!« Sie trat einen Schritt rückwärts zur Tür. Chief Inspector Reed dagegen machte einen Schritt auf Ginger zu, und als Elise Walsh hinauswollte, packte er sie am Arm und hielt sie fest. Patty beobachtete, wie der Chief Inspector ihrer Erzfeindin Handschellen anlegte.

Während ihre Geiselnehmerin abgelenkt war, nutzte Ginger den Moment und rammte Patty Applebalm den Ellbogen in die Magengrube. Keuchend klappte die Frau zusammen und lockerte dabei ihren

Griff. Schnell befreite sich Ginger von dem Tuch um ihren Hals und benutzte es, um Patty Applebalms Hände auf dem Rücken zu fesseln.

Lächelnd blickte sie zu Reed. »Ich bin froh, dass Sie gekommen sind, Chief Inspector.«

25

Ginger hatte gewusst, dass Elise Walsh schuldig war, doch bis zum Schluss war sie sich nicht sicher gewesen, ob Nancy Guilford ihre Tante deckte oder umgekehrt. Nachdem Mrs Fairchild die Bemerkung geäußert hatte, dass Miss Applebalm für Nancy alles tun würde, hatte Ginger sich gefragt, ob das wohl auch einen Mord einschloss. Wie sich herausstellte, war das tatsächlich der Fall.

Mrs Walsh hatte befürchtet, dass das Testament des Kapitäns ohne seine Leiche nichtig wäre oder sich zumindest die Vollstreckung stark verzögern würde, und um ihre Zukunft zu sichern, war sie darauf angewiesen, die einzige Erbin zu sein. Mit einem Servierwagen, der sich noch in der Kabine befand, gelang es den beiden Frauen, den Mann in die Vorratskammer zu bringen, wo sie ihn tatsächlich in das fast leere Gurkenfass gehievt hatten, um seinen Leichnam zu konservieren. Den Manschettenknopf hatte Elise Walsh als Zeichen des kurzlebigen Pakts, den sie geschlossen hatten, an Miss Applebalm übergeben. Es war einfach nur Pech gewesen, dass Babineaux so schnell auf die Leiche gestoßen war.

Ginger machte einen Abstecher aufs Zwischendeck, um Boss aus dem Zwinger zu holen.

»Mein lieber Scout«, sagte sie, als der Junge ihr den Hund übergab. »Vielen Dank, dass du dich so gut um Boss gekümmert hast, und dass du in der anderen Angelegenheit Diskretion bewahrt hast.«

»Kein Problem, Missus. Boss und ich hab'n uns prima verstanden. Ich werd' den kleinen Racker vermissen.«

»Er wird dich auch vermissen.« Die Gefühle, die Ginger bei diesem Abschied empfand, überraschten sie. »Bleibst du in London? Du musst doch irgendwo zur Schule gehen?«

»Nee, mein Cousin Marvin bringt mir alles bei, was ich brauch.«

Am liebsten hätte Ginger den Jungen mit dem wissbegierigen Gesicht gepackt und wäre mit ihm davongelaufen. Bevor sie darüber nachdenken konnte, sagte sie: »Du kannst bei mir wohnen, wenn du willst. Du hättest ein sicheres Zuhause und würdest anständig lesen und schreiben lernen.«

»Ach, Missus, das geht nicht. Mein Cousin braucht mich. Bei so reichen Leuten wie Ihnen zu sein, ist nix für mich. Außerdem muss ich mich um meinen alten Onkel kümmern.«

Ginger seufzte. Es stand ihr nicht zu, Scout retten zu wollen, als wäre er ein streunender Hund. Er hatte eine Familie, und außerdem hatte sie ja gar nicht vor, länger in London zu bleiben. Was hätte sie schon tun können? Ihn nach Boston entführen?

»Ich verstehe das vollkommen. Dann hoffe ich nur, dass wir uns irgendwann mal wiedersehen werden.«

»Ja, Missus. Das wäre toll.«

Ginger tätschelte dem Jungen liebevoll den Kopf und zog Boss an der Leine mit sich. Auf dem Weg nach draußen legte sie Wert darauf, allen auf dem Zwischendeck zuzulächeln.

Etwas zum letzten Mal zu tun, selbst so etwas Einfaches und Alltägliches wie ihren Hund aus dem Zwinger abzuholen, ließ Gingers Herz schwer werden. Sie ging über das offene Deck der ersten Klasse, atmete die salzige Luft ein und beobachtete ein letztes Mal, wie der Bug der SS *Rosa* durch das kühle Wasser des Atlantiks schnitt. In der Ferne war bereits ein dunkler Streifen am Horizont zu sehen, das Festland. Sie nahm sich einen

Moment Zeit, um die Schönheit zu genießen. Ginger hatte gelernt, die Zukunft nicht für selbstverständlich zu halten und jeden Augenblick im Hier und Jetzt zu leben.

»Mrs Gold!«

Roy Hardys Stimme riss Ginger aus ihren melancholischen Gedanken. »Hallo, Mr Hardy!«

Er kam schnellen Schrittes auf sie zu, sein Gesicht war vor Anstrengung ganz rot. Oder vielleicht vor Aufregung. »Es hat geklappt! Ihr Plan hat funktioniert! Miss Chloe hat mich angelächelt und eingewilligt, mit mir zu Mittag zu essen, und jetzt haben wir sogar verabredet, uns in Liverpool wiederzusehen!«

Ginger klatschte in die Hände. »Ich freue mich so für Sie, Mr Hardy! Aber es überrascht mich nicht im Geringsten. Sie sind eine gute Partie!«

»Sie sind zu gütig, Madam.«

»Unsinn, es ist nur die Wahrheit. Und besuchen Sie mich in London, falls Sie jemals dorthin kommen sollten.« Ginger wusste nicht recht, warum sie diese Einladung ausgesprochen hatte. Sie wünschte sich aufrichtig, den jungen Mann und seine Liebste wiederzusehen, aber es blieb wahrscheinlich nur der nächste Monat, denn anschließend würde sie wieder nach Amerika abreisen.

Er schüttelte ihr mit überschwänglicher Dankbarkeit die Hand, dann kehrte er eilig zu seiner Arbeit zurück, die er unterbrochen hatte, um sich zu verabschieden.

Als sie um die Ecke zu ihrer Kabine ging, entdeckte sie Miss Guilford, die traurig aufs Meer hinausstarrte. Sie hatte die Arme über einem türkisfarbenen Tageskleid mit Blumenmuster verschränkt, dessen breiter weißer Matrosenkragen über ihre Schultern fiel. Ein breitkrempiger Hut, der mit einem langen weißen Satinband verziert war, schützte ihre Augen vor dem gleißenden Licht der untergehenden Sonne.

»Miss Guilford«, rief Ginger. »Wie geht es Ihnen?«

»Bestens«, antwortete die Schauspielerin ohne ein Lächeln. Der Sarkasmus in ihrer Stimme war nicht zu überhören.

»Es tut mir sehr leid, was vorgefallen ist.«

»Patty ist eine aufdringliche, alte Frau, die nur an sich selbst denkt«, sagte Nancy Guilford voller Härte, aber eine einzelne Träne auf ihrer Wange verriet die Zuneigung, die sie für ihre Tante empfinden musste.

Ginger konnte Nancys harschen Worten nicht widersprechen. Patty hatte den Kapitän wegen seines unehelichen Kindes erpresst, weshalb er sich wohl das Geld von Gingers Vater geliehen hatte. Geld, von dem Ginger nicht wusste, ob sie es jemals wiedersehen würde.

»Sie war fehlgeleitet und verwirrt, da haben Sie recht«, erwiderte Ginger. »Aber ich weiß, dass sie Ihnen viel bedeutet.«

»Woher wollen Sie das wissen?« Nancy runzelte die Stirn. »Sie kennen mich doch gar nicht!«

Ginger hielt ihr das Kinderfoto hin, das sich in ihrer Tasche befunden hatte. »Ich glaube, das gehört Ihnen.«

Mit zitternden Fingern nahm Nancy es entgegen. »Wo haben Sie es gefunden?«

Ginger wollte ihre Mittel und Methoden nicht verraten und sagte statt einer Antwort: »Es war die Wahrheit, als Sie behaupteten, dass Sie in der Mordnacht in der Kabine des Captains waren. Aber sie waren nicht zu Gast. Vielmehr war es so, dass Ihre Tante Ihnen die Tat gebeichtet hatte. Sie waren dort, um die Mordwaffe zu holen, und dann haben Sie sie über Bord geworfen, nicht wahr? Um Ihre Tante zu schützen. Deshalb wurde die Tatwaffe auch nie gefunden.«

Nancy starrte sie traurig an, sagte aber nichts. Ihr Schweigen bestärkte Ginger in ihrer Annahme. Wie auch der Hut auf Nancys Kopf, der so ausladend war, dass ihn Patty oder Elise Walsh niemals getragen hätten.

26

Es blieb gerade noch genug Zeit, um alles zusammenzupacken, bevor die *SS Rosa* in Liverpool anlegen würde. Ginger hatte für sich und Haley ein Zimmer in einem Gasthaus arrangiert, bevor sie am nächsten Tag mit dem Zug nach London reisen würden.

»Brauchst du noch Hilfe?«, fragte Haley. Ihre beiden Koffer waren längst fertig. Mittlerweile waren auch Gingers Kisten und Koffer gefüllt und die Hutschachteln ordentlich aufgestapelt. »Ich glaube nicht. Bald kommen die Gepäckträger und holen alles ab.«

»Wird uns eigentlich jemand in Hartigan House erwarten, wenn wir ankommen? Oder werden wir ein leeres Haus vorfinden?«

»Weißt du«, sagte Ginger, »da bin ich mir gar nicht sicher. Abgesehen von Pips muss alles Personal im Hartigan House entweder von Vater angestellt worden sein oder von Pips selbst.«

»Pips ist der Butler, richtig?«

»Clive Pippins, genau. Er hat schon in Hartigan House gearbeitet, als ich noch ein Kind war.« Ginger erinnerte sich gerne an den freundlichen Mann. »Ich habe ihn früher immer Pips genannt und er mich ›kleine Miss‹. Es ist wohl zwei Jahrzehnte her, dass ich ihn das letzte Mal gesehen habe. Es hat mir damals das Herz gebrochen, als mein Vater mir mitteilte, ich müsse Abschied nehmen.«

»Dann wird es also ein glückliches Wiedersehen«, stellte Haley fest.

»Das glaube ich auch.«

Haley starrte aus dem kleinen Kabinenfenster. »Das Warten macht mich ganz mürbe.« Als sie sich umdrehte, fiel ihr Blick auf den Hund. »Was hältst du davon, wenn ich ein bisschen mit Boss spazieren gehe?«

»Gute Idee«, antwortete Ginger. Sie hätte nichts dagegen, ein paar Minuten allein zu sein.

Als Haley und Boss weg waren, atmete Ginger tief ein und genoss die Ruhe. Sie holte den letzten Gegenstand aus der Schublade ihres Nachttisches – das

Schwarzweißfoto eines gut aussehenden Offiziers in der Uniform der Royal Army.

»Mein liebster Leutnant, ich bin fast da.«

Ginger küsste das Foto sanft, bevor sie es in ihre Handtasche steckte.

Es klopfte leise an der Tür, und zu Gingers Überraschung stand Reed davor.

»Chief Inspector«, sagte sie lächelnd.

»Bitte, sagen Sie doch Basil.«

»Gut, Basil. Kommen Sie herein. Und Sie müssen mich Ginger nennen.«

»Ginger? Ist das ein Kosename?«

»Ja. Eigentlich heiße ich Georgia, nach meinem Vater George. Aber meine Mutter hat mich immer Ginger gerufen.« Sie tippte sich auf den Scheitel. »Wegen meiner roten Haare. Sie sagte, ein George in der Familie würde genügen.«

Basil lächelte. »Das gefällt mir.«

»Ich wünschte, ich könnte Ihnen etwas zu trinken anbieten, aber leider ist alles schon verpackt.«

»Kein Problem. Ich kann ohnehin nicht lange bleiben. Ich wollte nur sagen ... ähm, nun ja, vielen Dank für Ihre Hilfe. Ich bin mir nicht sicher, ob ich den Fall ohne Sie vor dem Andocken gelöst hätte.«

»Gern geschehen. Abgesehen von dem kleinen Würgezwischenfall habe ich mich gut amüsiert.«

»Ja, das war auch für mich ein besonders unangenehmer Moment. Übrigens soll ich Ihnen auch noch das hier geben.« Er tat einen weiteren Schritt auf Ginger zu und reichte ihr ein gefaltetes Papier. »Der Concierge wollte es gerade überbringen, doch ich sagte ihm, dass ich den Botengang gleich übernehmen könnte.«

»Ein Telegramm?«

»Ja. Ich lasse Sie jetzt allein, damit Sie es in Ruhe lesen können.« Er reichte ihr die Hand. »Vielleicht sehen wir uns irgendwann in London wieder.«

»Das würde mich freuen.«

Sobald der Chief Inspector die Tür hinter sich geschlossen hatte, faltete Ginger das Papier auseinander.

GRÄSSLICHER DACHBODENFUND AUF HARTIGAN HOUSE STOPP ERWARTE IHRE ANKUNFT FÜR ANWEISUNGEN STOPP PIPPINS

WENN DIR *MORD auf der SS Rosa* gefallen hat, bitte weitersagen!

Empfehlen: Damit andere das Buch auch finden

können, empfiehl es Freunden, Lesezirkeln, Buchclubs und deiner Bücherei vor Ort.

Rezensieren: Schreibe eine Rezension auf Amazon und/oder Lovely Books und teile anderen Lesern mit, was dir an dem Buch gefallen hat.

Aber pssst! Bitte keine Spoiler.

MELDEN Sie sich für Lees Leserliste an und erhalten Sie ein kostenloses druckbares signiertes Lesezeichen! https://www.leestraussbooks.com/deutsch/

Weiter ist MORD AUF HARTIGAN HOUSE

Eine Leiche auf dem Dachboden!

Als Ginger Gold in ihrem ehemaligen Elternhaus Hartigan House in London eintrifft, macht sie einen grausigen Fund: Auf dem Dachboden entdeckt sie die jahrzehntealten sterblichen Überreste einer Frau.

Ein ungelöster Fall, der Ginger wieder an die Seite des gut aussehenden Chief Inspectors Basil Reed bringt. Wer mag das Opfer sein? Und wie um alles in der Welt ist diese Frau im Hartigan House gelandet?

Um das Rätsel zu lösen, wollen Ginger und ihre Freundin Haley Higgins eine Soiree inszenieren, wie sie Gingers Vater George Hartigan im Jahr 1913 veranstaltet hat. Ein dunkler Verdacht liegt wie ein Schatten auf dem Andenken ihres Vaters, doch vielleicht will Ginger die Wahrheit über den Mann, den sie so geliebt hat, gar nicht so genau wissen.

Ehe der Abend zu Ende geht, stirbt ein weiterer Mensch. Kann Ginger den Mörder aufhalten, bevor sie ihm selbst zum Opfer fällt?

Auf AMAZON kaufen

Lesen Sie weiter für Kapitel Eins

ÜBER DIE AUTORIN

Die USA-Today-Bestsellerautorin Lee Strauss hat bereits mehrere Reihen historischer Cosy-Krimis veröffentlicht, darunter auch die viel gepriesene Krimireihe um Ginger Gold. Wenn sie nicht gerade schreibt oder liest, fährt Lee am liebsten Rad oder wandert und schaut hinaus aufs Meer. Sie trinkt gerne Caffè Latte und Rotwein an außergewöhnlichen Orten, dunkle Schokolade mag sie überall. Lee lebt mit ihrem Mann Norm Strauss und einer trägen Katze in Kanada.

Weitere Informationen zu den Büchern von Lee Strauss sowie Links zu ihren Social-Media-Accounts findest du unter leestraussbooks.com. Wenn du die nächste Neuerscheinung nicht verpassen willst, trag dich in den Newsletter ein! https://www.leestraussbooks.com/deutsch/

gingergoldmysteries.com
leestraussbooks@gmail.com

Facebook ~ Ein Fall für Ginger Gold

Instagram ~ Lee Strauss Autorin

MEHR VON LEE STRAUSS

Von AMAZON

Ein Fall für Ginger Gold (Ein 1920er-jahre cosy-krimi)

Mord auf der SS Rosa

Mord auf Hartigan House

Mord auf Bray Manor

Mord auf Feathers & Flair

GEFÄHRLICHE ZETTEL:

Vom Jungen zum Mann im Dritten Reich

AUF ENGLISCH

Ginger Gold Mystery series (cozy 1920s historical)

Cozy. Charming. Filled with Bright Young Things. This Jazz Age murder mystery will entertain and delight you with its 1920s flair and pizzazz!

Murder on the SS Rosa

Murder at Hartigan House

Murder at Bray Manor

Murder at Feathers & Flair

Murder at the Mortuary

Murder at Kensington Gardens

Murder at St. George's Church

The Wedding of Ginger & Basil

Murder Aboard the Flying Scotsman

Murder at the Boat Club

Murder on Eaton Square

Murder by Plum Pudding

Murder on Fleet Street

Murder at Brighton Beach

Murder in Hyde Park

Murder at the Royal Albert Hall

Murder in Belgravia

Murder on Mallowan Court

Murder at the Savoy

Murder at the Circus

LADY GOLD INVESTIGATES (Ginger Gold companion short stories)

Volume 1

Volume 2

Volume 3

Volume 4

HIGGINS & HAWKE MYSTERY SERIES (cozy 1930s historical)

The 1930s meets Rizzoli & Isles in this friendship depression era cozy mystery series.

Death at the Tavern

Death on the Tower

Death on Hanover

Death by Dancing

THE ROSA REED MYSTERIES

(1950s cozy historical)

Murder at High Tide

Murder on the Boardwalk

Murder at the Bomb Shelter

Murder on Location

Murder and Rock 'n Roll

Murder at the Races

Murder at the Dude Ranch

Murder in London

Murder at the Fiesta

Murder at the Weddings

A NURSERY RHYME MYSTERY SERIES(mystery/sci fi)

Marlow finds himself teamed up with intelligent and savvy Sage Farrell, a girl so far out of his league he feels blinded in her presence - literally - damned glasses! Together they work to find the identity of @gingerbreadman. Can they stop the killer before he strikes again?

Gingerbread Man

Life Is but a Dream

Hickory Dickory Dock

Twinkle Little Star

LIGHT & LOVE (sweet romance)

Set in the dazzling charm of Europe, follow Katja, Gabriella, Eva, Anna and Belle as they find strength, hope and love.

Love Song

Your Love is Sweet

In Light of Us

Lying in Starlight

PLAYING WITH MATCHES (WW2 history/romance)

A sobering but hopeful journey about how one young German boy copes with the war and propaganda. Based on true events.

A Piece of Blue String (companion short story)

THE CLOCKWISE COLLECTION (YA time travel romance)

Casey Donovan has issues: hair, height and uncontrollable trips to the 19th century! And now this ~ she's accidentally taken Nate Mackenzie, the cutest boy in the school, back in time. Awkward.

Clockwise

Clockwiser

Like Clockwork

Counter Clockwise

Clockwork Crazy

Clocked (companion novella)

Standalones

Seaweed

Love, Tink

MORD AUF HARTIGAN HOUSE

Kapitel 1

An der Eingangstür von Hartigan House blieb Ginger Gold stehen. Sie hatte keine großen Gefühle erwartet, aber nun überkam sie eine Welle der Melancholie. Dieses prachtvolle, dreistöckige Gebäude aus Kalkstein in der malerischen Straße Mallowan Court in Kensington war in den Kriegsjahren gealtert. Die Steine wirkten grauer, der Garten verwildert. In den ersten acht Jahren ihres Lebens war dies ihr Zuhause gewesen. Es war schon ein Jahrzehnt her, seit sie damals während ihrer Hochzeitsreise zum letzten Mal hier gestanden hatte.

Doch ihre überwiegend glückliche Kindheit war

längst vorbei, ihr lieber Ehemann schon lange verstorben.

Haley Higgins, Gingers gute Freundin und Reisebegleiterin, bemerkte ihr Zögern. »Ist alles in Ordnung?«

»Hartigan House birgt eine Menge Erinnerungen.« Ginger fühlte sich hin- und hergerissen zwischen London, wo sie zur Welt gekommen war, und Boston, der Stadt, in der sie aufgewachsen war. Dort, am Beacon Hill, hatte sie zweiundzwanzig Jahre lang gelebt, doch England war immer noch tief in ihrer Seele verwurzelt.

Aber jetzt, da sie endlich wieder hier stand, war die Freude über das Wiedersehen mit Beunruhigung verbunden. Noch an Bord der SS *Rosa* hatte sie ein Telegramm erhalten: GRÄSSLICHER DACHBODENBODENFUND IM HARTIGAN HOUSE.

Ginger sammelte ihre inneren Kräfte, trat an die Haustür und betätigte den schmiedeeisernen Türklopfer.

»Eigentlich ist es doch *dein* Haus, nicht wahr?«, fragte Haley. Dabei strich sie sich eine lange braune Locke hinters Ohr, die sich aus ihrem falschen Bob gelöst hatte. »Da musst du doch nicht anklopfen.«

»Ich habe aber keinen Schlüssel, und ich bin mir ziemlich sicher, dass die Tür zugesperrt ist.«

Haley versuchte, den Knauf zu drehen, und musste Ginger recht geben.

Ginger rückte ihren gelben Cloche-Hut mit dem blauen Band zurecht, der wunderbar zu ihrem feinen Leinenanzug passte, den sie auf der Fifth Avenue in New York gekauft hatte, und prüfte mit den behandschuhten Händen den Sitz ihres Bobs Frisur. Boss, der kleine Boston Terrier, saß gehorsam zu ihren Füßen.

Man erwartete ihre Ankunft bereits, denn Ginger hatte vor der Abreise aus Boston ein Telegramm mit den Daten geschickt. Schon öffnete sich die Tür und vor ihnen stand Pippins, der Butler. Auch ihn schienen die Jahre eingeholt zu haben. Seine Schultern waren gekrümmt, sein Haupthaar hatte er fast gänzlich verloren. Doch die kornblumenblauen Augen strahlten wie eh und je, als er Ginger erblickte.

»Meine liebe Lady Gold.« Das leichte Zittern in der Stimme verriet, wie bewegt er war. Eine traurige Erinnerung blitzte vor Gingers innerem Auge auf: Sie als dürres rothaariges Mädchen, wie sie weinend vom Vater mitgenommen wurde und ein letztes Mal zum geliebten Butler zurückblickte.

Eine einzelne Träne löste sich aus ihrem Augenwinkel, dann warf sie sich in seine Arme. »Oh, Pips.«

Clive Pippins, der sich bei dieser unorthodoxen Begrüßung erst einmal versteifte, erwiderte schließlich die Umarmung. Dann löste sich Ginger von ihm, trat zurück und verschränkte die Hände. Sie spürte Pippins'

Verlegenheit und nun war ihr die stürmische Begrüßung selbst ein wenig peinlich. Gerade in England achtete man stets auf gute Umgangsformen, und es gehörte sich einfach nicht, einem Hausangestellten so offen seine Zuneigung zu bekunden. Sie räusperte sich und lächelte. »Wie schön, Sie wiederzusehen, Pips.«

Pippins stand aufrecht, die Hände hinter dem Rücken. »Noch einmal mein herzliches Beileid zum Verlust Ihres Vaters. Mr Hartigan war ein guter Mann.«

»Ich danke Ihnen.« Ginger vermisste ihren Vater sehr, aber Pippins zu sehen und zu wissen, dass er ihr treu ergeben war, half ihr über den Schmerz hinweg.

Ginger warf einen Blick auf Haley, die erwartungsvoll in ihrem braunen Tweed-Anzug und den robusten Oxford-Absätzen neben ihr stand. »Wo sind nur meine Manieren? Pippins, das ist meine gute Freundin, Miss Higgins.«

Pippins verbeugte sich. »Madam.«

»Guten Tag, Mr Pippins.« Haleys Bostoner Akzent war nicht zu überhören. Sie streckte die Hand aus, und Lachfältchen zeigten sich in ihren Augenwinkeln, als sie lächelte. »Ich bin eine Bürgerliche.«

Pippins' Lippen zuckten amüsiert. Mit kräftigem Schütteln nahm er ihre Hand.

»Miss Higgins war in den letzten drei Jahren Vaters Krankenschwester«, erklärte Ginger. »Sie ist nach

London gekommen, um hier an der London School of Medicine for Women zu studieren.« Ginger hängte sich bei Haley ein. »Sie wird bald Ärztin sein!«

Pippins nickte anerkennend. »Wie wunderbar.«

Ginger hob ihren Boston Terrier hoch und streichelte ihm liebevoll über den schwarzen Kopf. »Und das hier ist Boss. Kurz für Boston.«

»Ein hübsches Exemplar, Madam. Wie war Ihre Reise?«

»Sehr angenehm«, antwortete Ginger. »Abgesehen von einem kurzen, aber heftigen Sturm, war das Wetter sehr gut.« Den Mord, der an Bord der SS *Rosa* geschehen war, und die Rolle, die sie und Haley bei dessen Aufklärung gespielt hatten, verschwieg sie lieber.

Endlich hatte Ginger die Gelegenheit, sich in der Eingangshalle umzusehen. Sie erkannte den schwarzweißen Fliesenboden wieder, ebenso den großen Kronleuchter, der von der Höhe des zweiten Stockwerks herabhing, und die Fenster zu beiden Seiten der geflügelten Eingangstür, von denen natürliches Licht hereinfiel. Die imposanten Arekapalmen aus Indien, die früher in großen Keramiktöpfen am Fuße des Treppenaufgangs gestanden waren, fehlten. Das war wohl zu erwarten, wenn ein Haus so viele Jahre lang leer gestanden hatte.

»Wir haben keinen Diener, Madam«, sagte Pippins, »aber ich bringe Ihre Sachen gerne herein.«

Pippins, der alte Junggeselle, musste mittlerweile über siebzig sein. Ginger wollte ihn nicht mit so einer mühsamen Aufgabe belasten. »Es ist schon in Ordnung, Pips. Ich habe dafür gesorgt, dass unsere Sachen mit einem Lieferwagen gebracht werden. Der Fahrer wird allein damit zurechtkommen.«

»Sehr wohl, Madam.«

Ginger betrachtete ihn wehmütig. »Jetzt werden Sie mich wahrscheinlich nicht mehr wie früher ›Kleine Miss‹ nennen, oder?« Diesen Kosenamen hatte Pippins ihr einst gegeben. Damals war er der Einzige unter den Dienstboten gewesen, der sich Zeit für sie genommen hatte. Er hatte heimlich Spielchen wie »Ich sehe was, was du nicht siehst« und »Kreis und Kreuz« (beziehungsweise »Drei gewinnt«, wie Haley es nannte) mit ihr gespielt. Allerdings nur, wenn ihr Vater nicht dabei war oder jemand anders vom Personal, denn so etwas ziemte sich nun mal nicht für einen Hausangestellten. Bei diesen nostalgischen Erinnerungen zog sich ihr Herz zusammen.

»›Kleine Miss‹, Madam?« Seine Augen blitzten bei dieser Erinnerung auf. »Ich glaube nicht, Madam«, sagte er lächelnd.

Ginger stieß einen verspielten Seufzer aus. Natürlich hätte »Kleine Miss« auch nicht zu einer dreißigjährigen Frau gepasst.

»Darf ich Ihnen Tee bringen, Madam?«, fragte Pippins. »Nach der Zugfahrt von Liverpool sind Sie gewiss erschöpft.«

»Tee klingt wunderbar, Pips, aber zuerst müssen wir wissen, was es mit Ihrer dringenden, geheimnisvollen Nachricht auf sich hat«, sagte sie und meinte damit das Telegramm. Ihre Neugierde war größer als der Wunsch, die Füße hochzulegen. Abgesehen davon hatte sie im Gasthaus in Liverpool gut geschlafen und war nicht sehr müde. »Sie haben etwas Unangenehmes gefunden?«

»Ich glaube sogar, dass das Wort ›grässlich‹ verwendet wurde«, fügte Haley hinzu. »So ein starkes Wort. Ich würde zu gern wissen, auf was sich das bezieht.«

Pippins' Gesichtsausdruck wurde ernst. »Es ist in der Tat grässlich, also machen Sie sich auf etwas gefasst. Wenn Sie mir folgen möchten.«

Die breite Treppe führte in einem Bogen auf die Galerie im zweiten Stockwerk, die die hohe Eingangshalle umrundete. Am hinteren Ende des Treppenabsatzes befand sich eine Tür, die von den Bediensteten benutzt wurde, um in den zweiten Stock zu gelangen. Sie öffnete sich zu einem schmalen Treppenhaus mit steilen Stufen, die hinunter zur Küche und hinauf zum Dachgeschoss führten, in dem sich die Schlafräume des Personals befanden. Die Zimmer der Frauen befanden sich im Westflügel, die der Männer lagen auf der Ostseite.

»Entschuldigen Sie bitte, dass ich Sie durch den Dienstbotengang führe, Madam.«

»Kein Problem, Pips.«

Ginger hoffte sehr, dass es sich bei dem »grässlichen« Fund auf dem Dachboden um etwas Triviales handelte, so etwas wie Holzfäule oder Schimmelbefall. Ihr war allerdings nicht klar, warum Pippins nicht einfach selbst die Reparaturen in Auftrag gegeben hatte. Vielleicht fühlte er sich, seit er wieder im Hartigan House arbeitete und nun Ginger statt ihrem Vater unterstellt war, nicht mehr befugt, solche Entscheidungen eigenständig zu treffen.

»Ich platze vor Neugier, Pippins«, sagte Ginger. »Geben Sie uns doch einen Hinweis.«

Pippins zögerte, dann sagte er: »Ich weiß wirklich nicht, wie ich es beschreiben sollte.«

»Können wir eine Pause einlegen?« Haley blieb auf halber Höhe der Treppe stehen. »Ich bin nicht mehr in Form.«

»Mir geht es ähnlich«, sagte Ginger. »Pippins bringt uns in Verlegenheit.«

Pippins blähte seine Brust vor Stolz auf. »Das kommt vom jahrelangen, täglichen Auf und Ab, Madam.«

Ginger lachte. »Vielleicht sollten wir hier oben ein Zimmer beziehen, Haley.«

Augenblicklich wurde Pippins mürrisch. »Auf keinen Fall, Madam.«

Bevor Ginger erklären konnte, dass sie es nicht ernst gemeint hatte, marschierte Pippins den Flur durch die Unterkünfte der Männer entlang bis zum hintersten Zimmer. Dort zog er einen Schlüssel aus der Tasche. »Ein Generalschlüssel, Madam«, erklärte er. »Er öffnet alle Türen im Dachgeschoss.«

Das Schloss klickte, dann schwang die Tür auf.

Als Ginger über die Schwelle trat, entfuhr ihr ein Schreckensschrei.

Um Himmels willen!

Mitten auf dem Boden lag ein Skelett.

DANKSAGUNG

Vielen Dank an meine Lektorinnen Angelika Offenwanger und Robbi Brandt sowie an Heather Belleguelle, die mir geholfen haben, die Epoche und die britische Kultur authentisch wiederzugeben.

Ich danke Stephanie von der Mark für die Übersetzung ins Deutsche und Judith Zimmer für das Lektorat, sodass die Abenteuer von Ginger Gold auch auf Deutsch gelesen werden können.

Wie immer gilt meine Liebe meiner Familie, insbesondere meinem Mann Norm Strauss, der mir in vielerlei Hinsicht zur Seite steht, und meinem Sohn Joel, der unermüdlich als mein Assistent arbeitet.

Printed in France by Amazon
Brétigny-sur-Orge, FR

17011852R00137